浪淘沙诗库
远人 主编

周向东 著

吾山吾水

中国书籍出版社
China Book Press

图书在版编目（CIP）数据

吾山吾水 / 周向东著. -- 北京 : 中国书籍出版社，2021.11

　　ISBN 978-7-5068-8789-2

　　Ⅰ.①吾… Ⅱ.①周… Ⅲ.①诗集—中国—当代 Ⅳ.① I227

中国版本图书馆 CIP 数据核字 (2021) 第 222740 号

吾山吾水

周向东　著

图书策划	成晓春　崔付建
责任编辑	成晓春
责任印制	孙马飞　马　芝
出版发行	中国书籍出版社
地　　址	北京市丰台区三路居路 97 号（邮编：100073）
电　　话	（010）52257143（总编室）（010）52257140（发行部）
电子邮箱	eo@chinabp.com.cn
经　　销	全国新华书店
印　　刷	三河市华东印刷有限公司
开　　本	880 毫米 × 1230 毫米　1/32
字　　数	185 千字
印　　张	7.5
版　　次	2022 年 3 月第 1 版
印　　次	2022 年 3 月第 1 次印刷
书　　号	ISBN 978-7-5068-8789-2
定　　价	52.00 元

版权所有　翻印必究

代序一

熊盛元

虞山周兄向东，精书画而擅诗词，嗜林泉而耽茗酒，可谓雅人深致，当今罕见也。忆壬辰（2012）之夏，余初访海虞，蒙向东兄盛情款待，并以《壬辰六月初一初二两日晦窗先生至虞山授道感赋》一律见惠，诗云："年来诸事日纷纭，幸有闲文待斧斤。江左凤林迟到客，山中龙石晚生云。槿花开落黄王境，蔓草断延钱柳坟。解道子游成片语，但凭高处揖兰芬。"余深为感荷，亦曾步韵奉和云："纷来万汇自纭纭，妙质凭谁运郢斤。物外遥探一真境，杯中淡裛七溪云。神驰碧落参遗蜕，土蚀苍苔酹古坟。我已忘言惟伫立，法华飘处郁清芬。"此订交之始，岁月不居，忽忽已近十年矣。

顷接向东兄微信，知其欲自选咏虞山之作三百首问梓，名曰《吾山吾水》，足见其对故乡山水之挚爱。屏前盥诵，如饮醇醪，醺然醉矣。其诗以七律为主，颇得牧斋遗韵，而又具自家面目。

吾山吾水

故能于沉哀顽艳、激楚苍凉之外，更添云岚缭绕、烟水迷离之致。如"笑指苍山蒙叟卧，为吟白雪美人来"（《桃源涧》）、"江海蒙蒙迷苇迹，齐梁杳杳隐禅机"（《戊戌雨水维摩探梅》）、"倚壁梅花洗眸净，漫园兰气染襟开"（《燕园早春》）、"水面原多浮鲫雨，天边不少沐鸥风"（《戊戌二月十一日尚湖》）、"沁雪寒生感吴越，卷云风起泣徽钦"（《题虞山公园诸湖石》）……余尤赏其《咏言子井》一律："古宅深藏日月迟，三吴夫子出危时。乡心北去弦歌解，吾道南来文学知。石上研池侵瑞露，庭中墨井动寒漪。居人久住无新意，指点繁阴掩断碑。"言子即言偃，字子游，孔门十哲之一，乃德行、言语、政事、文学四科中"文学"之首，名列子夏之前，是当时唯一出自江南之大儒。据《礼记·礼运》记载："昔者仲尼与于蜡宾，事毕，出游于观之上，喟然而叹。仲尼之叹，盖叹鲁也。言偃在侧曰：'君子何叹？'孔子曰：'大道之行也，与三代之英，丘未之逮也，而有志焉。大道之行也，天下为公。选贤与能，讲信修睦，故人不独亲其亲，不独子其子，使老有所终，壮有所用，幼有所长，矜寡孤独废疾者，皆有所养。男有分，女有归。货恶其弃于地也，不必藏于己；力恶其不出于身也，不必为己。是故谋闭而不兴，盗窃乱贼而不作，故外户而不闭，是谓大同。'"可见，孔子对后世影响甚巨之"大同"理想，即因言子提问而发，倘无言子之问，则仲尼"天下为公"思想，恐湮灭无闻矣。又据明人周洪谟《重修丹阳公祠记》载："昔者吴公言子游为勾吴人，而悦吾夫子之道，壮学于中国，卒能以文学擅科而得夫圣人之一体,至其宰武城也。夫子入其境,而闻弦歌之声,乃喜而戏之曰:'割鸡焉用牛刀?'公以实对曰:'昔者偃也闻诸夫子曰,君子学道则爱人,小人学道则易使也。'"向东兄此诗前四句即融入上述故实,其腹笥之丰,于焉可知。颈联紧扣题旨,"研"与"砚"通,"侵""动"二字,极见炉锤锻铸之功,"寒漪"意象弥丰,不惟刻画入神,且暗用《周易·井卦》"九五,井冽,寒泉食"之典,兼含井卦九三爻"井渫不食,为我心恻"之悲慨,非深谙儒家经典与乡邦文献者,安能臻此高妙之境哉?一结以言子井畔之"居人"与"断碑"对举,万千感喟,均见乎言外。钱牧斋《列朝诗集》曾引明人邵泉斋"断碑闲倚庙门斜,往事伤心付一嗟"之句,可与向东兄"指点繁阴掩断碑"同参,惟泉斋直言"伤心",而周兄则以"繁阴"映衬,措语似更蕴藉,王船山所言"含情而能达,会景而生心,体物而得神,则自有灵通之句,参化工之妙"(《姜斋诗话》),殆此之谓乎?

虞山除言子遗踪外,尚有吴文化始祖仲雍及古吴国第一代国君周章之墓,梁昭明太子读书台等名胜,诵周兄"槿花开落黄王境,蔓草断延钱柳坟"之句,因忆黄(公望)、王(石谷)之素缣彩笔,钱(牧斋)、柳(如是)之红豆因缘,翁(同龢)曾(朴)之累累高冢,以及辛峰、维摩、兴福、剑门、小石洞、尚湖等六大景区……觉常熟诚人文荟萃,风物清嘉,向东兄生于斯土,蒙前贤之沾溉,得山水之钟灵,无怪才情如此之丰,学养如此之厚。其《吾山吾水》所收佳什三百篇,亦必享誉吟坛,传诵众口也!钱牧斋诗云:

吾山吾水

"诗卷丛残芒角在,绿窗剪烛与君论"(《书夏五集后示河东君》),回想我初临常熟,曾填《减兰·虞山怀古》词:"丛残芒角,恸哭西台谁铸错。泪洒高坟,日坠难招旷古魂。淡香盈把,风似桅樯云似马。湖海苍茫,胸际沉哀衍大荒。"起拍即借用牧斋成句,待他日重游,定当与周兄向东同倚望虞高台,临风把酒,朗吟其"一角亭台浸碧湖,有人台上望勾吴。太公去后鸥波在,虞仲来时龙气苏。堤上熏风知拂柳,日边静浦解还珠。倚栏无限空濛色,染就江南水墨图"之诗也!是为序。

辛丑暮春,时维公历 2021 年 4 月 21 日,剑邑熊盛元草于洪州

代序二

周　秦

《吾山吾水》者，常熟诗人向东周君所为山水诗也。

向东所谓山水者，则虞山尚湖也。其山高不逾百丈，而怪石嶙峋，古木森森；其水广不足千顷，而烟波澹荡，鸥鹭喈喈。湖山映带，气象万千。向东日夕徜徉其间，流连忘返。或独步寻幽，直造剑门，吟啸峰顶；或偕侣载酒，浮槎垂钓，唱酬湖心。春风秋月，花草鱼鸟，野人轶事，一一随所闻见，发为歌诗。三十年间，箧中所积八百余篇。乃从中自选三百篇，编为此集。将以付梓，命序于余。

"常熟以牧斋故，士人学问都有根本。"（吴殳《围炉诗话》）向东濡染乡风，习字画于本邑王震铎先生，问倚声于津门王蛰堪先生，转益多师，率皆登堂入室。于诗则承接虞山派余绪，自牧斋、二冯，上溯玉溪、少陵，尤擅七言四韵。心仪牧斋《西湖杂感》《病榻销寒杂咏》及少陵《秋兴》《咏怀古迹》诸什，抄录考

吾山吾水

据，诵读不去口。乙未、丙申间，向东发起"诗咏虞山诗词大赛"，专征七律次韵《秋兴八首》。登高一呼，如山鸣谷应，风起云涌，应征诗人六百余家，诗作近四千首，多有寄自海外者。当时亦曾应向东之请，勉为引喤。弹指五年，向东年过知非，诗词书画，与身俱老。诵读此集，则沉郁顿挫，情景交融，一种乡思蒸腾而起，直令人心驰而神往。思乡恋土，固人之常情，然未见有沉醉痴迷如向东者。身土不二，舍此靡他，其志可悯，其诗可传矣。

向东嗜酒，大醉方休。尝醉里游山，忘却归路，醒来不知身在何处。余不善饮，而夙爱常熟山水人文。每清明将至，拜扫梦苕先师坟茔，便邀诗侣三四人，访彩衣堂、脉望馆，沿湖甸漫步寻黄公望、钱牧斋、王石谷遗迹，或拾阶上山，谒虞仲、子游及冯定远墓。有时偶发少年狂，溯琴川，探石罅，攀拂水岩，游藏海寺，问茶僧寮，高咏而归。碌碌浮生，此乐久违矣。读向东诗而思虞山。《吾山吾水》问世之日，当载酒重游，不醉不归。向东以为如何？

辛丑春三月既望吴门周秦谨序

目录
contents

代序一	001
代序二	005
1988—2010 诗咏常熟	001
2011 诗咏常熟	013
2012 诗咏常熟	025
2013 诗咏常熟	033
2014 诗咏常熟	041
2015 诗咏常熟	057
2016 诗咏常熟	069
2017 诗咏常熟	077
2018 诗咏常熟	091

吾山吾水

2019 诗咏常熟	131
2020 诗咏常熟	155
2021 诗咏常熟	207
后　记	226

1988—2010 诗咏常熟

吾山吾水

凌寒水激已無苔藏鑿舟遲亦可精笑指蒼山蒙雙卧為岭白雪笑人來班形安得秦遺蹟積素應留晉逸才回首連城皆已下猶看高豪一梅開 桃源洞

混茫山色隱東籬無垢風光念詠詩飄然知非拂柳堆鹽差覺是凝脂瑤華院蒸清香永玉影盃心真味奇質潔何需梁苑客但留梅萼伴瓊恣 鴻庭香 廬山詩二首 辛丑夏月隅山

早期诗

88年震师惠赐山水画一幅，乃赋一律记之

先生泼墨水生辉，未肯传真始入微。
勾勒但余庖子力，点烘忽中米家规。
题诗每每随心意，挂壁时时洗是非。
写尽江南成一抹，吾乡两点早莺飞。

约 1988 年

湖畔颂

人生羁泊本无涯，独饮高楼看日斜。
酒到酣时原是福，天将暮处即为家。
谪仙邀月情犹在，颠圣挥毫韵自佳。
极目烟波天外去，沙鸥几点入芦花。

约 2000 年

吾山吾水

白衣庵

名山踏遍石梅开,松竹耽禅未剪裁。
枕石轩思游客过,仙游洞待故人来。
神回寂寞东山路,独对喧哗北寺台。
一袭白衣飘去也,净瓶何日浥尘埃?

2008.06.13

和幻庐汪瑞章先生虞山公园感兴

闻道秋深尚有芳,东园晚径独徜徉。
光回碧水鱼知乐,鸟唱闲亭树未黄。
云过尘寰遗卷石,心追往事转回廊。
此身宜共青山合,偶点枫红不是伤。

2008.07.14

查韵法先生入驻曾园有感

胜日明秋总未迟,碧荷翠柳有蝉知。
风光一派关情绪,雁鹤双高引梦思。

人到白头空忌老，事逢青眼勿生疑。

名园暂寄闲身住，不作曾翁隔世辞。

2008.09.30

联珠洞访山农不遇

曾经老叟化岩形，曲径寒烟惹户扃。

滴水还传幽洞静，造房不碍好山青。

雉鸡狡兔犹亲切，秀草鲜菇自袅娉。

伫立听松多向古，归来一语久叮咛。

2008.11.18

齐天乐·曾园春暮

惜春长怕和春老，依依淡云疏雨。

翠入罗浮，红归蚁国，吴苑还沾泥絮。

梅廊漫伫。渐襟湿林霏，柳莺如诉。

画里登楼，倩谁同赏碧阑句！

吾山吾水

幽怀犹付霁水，叹流波暗转，芳影无据。

暮失鱼函，风摧蝶使，添得檀郎万绪。

琴心未许。正触指惊荷，数珠圆苦。

曼起池烟，素娥空自舞。

2010.02.09

虞山听雨

吴风越雨没人惊，一带青山正共鸣。

稍觉沙沙还切切，渐闻瑟瑟转卿卿。

言坊[①]滴水传春冷，龙涧[②]腾溪入暮城。

齐女天池[③]俱不见，琴川[④]犹奏百年声。

注：① 言坊，指言子墓的牌坊。
② 龙涧，指破龙涧。
③ 天池，指一代琴宗严天池。
④ 琴川，指城内的七沼河，状如七弦，故名之。另严天池所创琴社，亦名琴川社。

2009.02.15

次韵碧溪先生曾园早春

为赏梅园抱玉瓶，少添春酒已难醒。

余寒犹对曲廊月，新绿未遮闲话亭。

一脉山形遗谢枕，千秋风雨入心经。
已将歧路多行过，怎得芳林独火青！

2009.02.26

有司嘱题《陆孟芙诗词集》

虞邑文章一脉通，前承言偃后钱公。
青山早失吟诗客，茆水犹来怀橘翁。
结集百年怜驾鹤，骈辞两册慰归鸿。
芙塘应是芳华地，五世风流各不同。

2009.03.12

清平乐·虞山公园映山溪畔作

谢家溪柳，未挽东风久。
坐与梅痴行被酒，谁唤莺朋燕友？

倚阑偏惹闲愁，楼高遮断吟眸。
纵有杨花胜雪，几回空付兰舟。

2010.03.17

吾山吾水

嘉茗猶餘堯舜德
好山長與葛陶親

登剑门楼

杰阁乘云下帝丘,剑门胜景问春秋。
江湖纵目延桃汛,松壑骋怀潜玉虬。
客沏新茶分野绿,心归旧燕入乡柔。
醉人风自前山得,我在人间岂可谋!

2009.04.15

和金水兄曾园诗

山养丹心水养容,名园正可驻芳丛。
涵杯细逐沉沉叶,舞柳欣闻淡淡风。
入阙公车①都不见,闲亭众客已相融。
低头得羡游鱼数,或解曾翁是钓翁。

注:① 入阙公车,指曾园建园者。曾朴之父曾之撰与福山王懿荣、南通张謇、萍乡文廷式并称百日维新期间的"四大公车"。

2009.05.08

鹧鸪天·偕高凉等诸兄
方塔公园夜饮

筑塔东南引好风,都分清气到樟枫。

吾山吾水

宋荫着我遗花屑①，吴曲②衔心化月鸿。

茶伴酒，酒涵空，一杯惆怅一杯通。
千杯若得仓山趣③，长卧林园作老翁。

注：①遗花屑，指当时风吹槐花尽落。
　　②吴曲，指友人放评弹助兴也。
　　③仓山趣，指袁枚筑园于小仓山归隐，言诗当得趣，是用此典。

2009.06.18

鹧鸪天·空心潭

雾懒云慌静月驰，闲心幻影一池知。
龙潜不觉春秋味，鱼吻咸尝花叶痴。

凭欲冷，濯初宜，波光潋漾夜峰思。
啼鸦未悟波罗蜜，立在苍槐顶上枝。

2009.07.16

鹧鸪天·望江怀古

樗栎①东南未展才，信鸥何事便疑猜。

风流已向沙中觅,家国终随浪底埋。

新月渡,古云槐,临江蚁迹蚀良材。
纵将一苇凌波去,细数人间几钓台?

注:①樗栎,不能用的木材,喻指不良之才。

2009.07.23

空心潭①老僧

策杖西山鸟未惊,碧烟池畔感缘生。
心空自得观鱼乐,身老徒存出世名。
曾向风幡论动止,终随云影幻阴晴。
但余一段经禅诵,长伴南朝洗月声。

注:①空心潭,破山寺之空心潭也。山在城西,故曰西山;齐梁古刹,故曰南朝。

2010.07.27

居庸吴金水先生来虞授道，余赋律以酬

逐鹿千年世道孤，居庸只欲守丹愚。
拟随尚父方名水，又到虞山为姓吴。
枫冷鲈肥频惹客，苇浓蟹美不须厨。
江湖认作杯中浪，日月轻漂在一壶。

2010.08.25

浣溪沙·破山寺空心潭茗坐，和蛰师韵

名迹还须鸿爪钤，半留山色半龙杉。
一番清景正安恬。

为有秋风催客老，故遗云影着人参。
问禅都在空心潭。

2010.10.22

2011 诗咏常熟

吾山吾水

二〇一一年一月二十六日凌晨三点，雪后初晴与纳兰追雪等诸兄同登虞山门至维摩寺有感

酒阑余赋情，往往爱山行。
问雪寻幽涧，扪星到古亭。
遥看齐女没，近觉佛灯明。
似听维摩语，风吹万树清。

2011.02.01

浣溪沙·言子小筑茗坐，和韵竹林女史

春到西山日渐明，石台梅路喜经行。
唤人禽鸟隔林听。

休问水从何处暖，且随茶共古时清。
茗烟佳话两轻盈。

2011.02.08

风入松·尚湖
和韵公子植

问春问酒问虞山,谁与费湖烟?
潮平不见蠡舟驻,一番雨,一阵啼鹃。
处处红妆伴柳,时时晓梦流年。

蒹葭寂寞待鸥眠,长任五云闲。
如今空认琼田玉,料江南,应老婵娟。
闻道凌波步杳,犹生恨水神仙。

2011.04.27

临江仙·投瓮桥

五月十六日,与王林师,陶醉访大痴道人投瓮处,乃旧时湖桥串月之所,今仅余水泥钢筋之物也。登临远目,鸥鹭翔于青山碧湖之间,犹似当年景色,感而赋。

重到湖桥寻月影,当时曾付黄公。
而今逝水又匆匆。
看山思画意,投瓮感元风。

拟共虞丘相对老，由他石赭花红。

凭栏问取碧云空。

一行鸥鹭在，何处圣贤踪？

2011.05.19

有司嘱题西城楼阁

西门佳胜地，自古已驰声。

五岳林中起，两湖山下明。

晴岚滋大石，丽日照高城。

严子读书处，犹堪问道行。

2011.05.23

点绛唇·临江偶题

晨由浒浦至苏通大桥感赋

浒浦呼鸥，漫堤烟柳随人舞。

远虹谁与？天外横江去。

吾山吾水

九派通溟，杳杳思神禹。
东乌举。蓬山无主，应遣闲云取。

2011.06.25

行香子·兴福寺随吟

象域闻钟，龙涧吟松。
正山中，漫展真容。
潭消素志，露泽遗踪。
任茶烟白，香烟紫，夕烟红。

飞花佛语，面壁禅风。
解尘寰，几度鸿蒙。
三千觉路，一十灵峰。
共绮云闲，卿云瑞，法云空。

2011.08.01

扫叶山人工作室
移至山国茶室,与青衣、纳兰、
净一散人茗坐有怀

裁山采玉和云出,闽国风华入画堂。
纤指剖开瑶圃碧,铁壶煮尽绮窗凉。
已回陆羽唇边味,更转神农吻后芳。
七碗何须卢子说,有朋饮处即仙乡。

2011.08.24

由桃源涧登山得句

拾级吟松百墓孤,先吴曾此向今虞。
人随碧涧听忧乐,云共青峰说有无。
策杖原知家国幻,寻芳尚得雨风驱。
寒柯不解悲秋味,但羡陶潜挂酒壶。

2011.08.25

吾山吾水

归 乡

其一

未识乡情是苦情，爷娘白发竹篱倾。
到门对影呼曾祖，入室凭空听乳名。
壁上霉斑随雨湿，檐间蛛网逐风迎。
当时绕膝儿童在，也已衰颜惧远行。

其二

短棹渔歌岁岁听，渔人结网带龙腥。
一川沉玉浮云白，五柳飘丝起雾青。
玄燕呢呢迎暮雨，黄莺呖呖送晨星。
十年美景谁遮断，篱畔株藤已化屏。

其三

长亳塘边大路通，乡人半在浊尘中。
稻田已化高楼土，蛙鼓唯传野草风。
十载邻翁多驾鹤，卅年稚友尽骑龙。
如今一瓮黄滕酒，谁与同斟论道穷。

2011.09.01

偶 见

暮压西城十二峰，最高峰是庆云松。
吴王墓在松林下，长任寒蛩说仲雍。

2011.09.07

清平乐·秋鲈红豆菊月沙家浜雅集

蒹葭雾散，谁把澄波挽？
满眼湖光和雁远，更见碧云新断。

当年日冷心惊，今朝但记歌声。
一路襟怀开处，白鸥飞过沙汀。

2011.10.22

和梅疏影共抱琴兄侍挚师
夜步常熟古城

幽居河巷者，尚雅可成翁。
陋室滋枯砚，蛮笺写古风。

推窗山影入，临水海潮通。

偶得连宵兴，驰怀有爨桐。

2011.10.24

2012 诗咏常熟

曲园廊绕芰池红楼高耸鸟鸣时夙愿随云史自凭槛疏学杨朱欲治岐一角荷塘鱼戏晚百年柳老蝉吟秋逢逢迟暮兄吾摩诘小辋川中安砚几石茶酒生涯寰之新怡情共志吾三人频招不觉随秋老獭说与姊携写亲庠畔杜再槎曛日堂中语燕巳随广庐先师忧道去云窗记寿石山只剩魏舆作他芦兄约芙误入登园转燕园作以酬以聆诸兄乙丑春月云山抱琴寄客羊书

又到空心潭

久沦尘俗不论禅，但向空潭看古澜。
树静还听莺雀语，风和尚觉鳖鱼寒。
虞山卧有奔牛势，龙涧流生驻景叹。
后院如林僧塔在，谁曾窃得大还丹。

2012.04.07

查老有约曾园诗会和查老韵

村居过雨入眸青，荷影柳姿娇欲矜。
耕读庐中劳续韵，水天亭里证传灯。
绛云已散遗砖玉，红豆犹开复矩绳。
何必伏生亲授予，秦灰冷尽自因承。

2012.07.09

壬辰六月初一、初二两日 晦窗先生来虞山授道感赋

年来诸事日纷纭，幸有闲文待斧斤。

吾山吾水

江左凤林迟到客，山中龙石晚生云。

槿花开落黄王境，蔓草断延钱柳坟。

解道子游成片语①，但凭高处揖兰芬②。

注：①解道句，是指晦窗先生把《论语》中关于孔子对言子讲的话和情景，说给我们听。

②兰芬，是指言子墓上种植了很多兰花草，以示言子德操。

2012.07.20

琴川杂感步秋扇兄自雁荡山至虞山破山寺空心潭同诸侣茗坐韵

久已忘初心，来寻上古琴。

弦分城郭远，曲绕巷楼深。

临水生闲思，看山起逸襟。

乃知子游没，淳雅尚传今。

2012.08.02

市逾重镇句乾坤，一角虞荣纪瓦砚，吟咏墨观月华浮荐笔业及诗文家，耕塍沮洳学清，破壁洗了，苍苔立地名

庚子冬月作协诗书画创研会揭牌之际题句苏沇

辛丑春日云山抱琴室

吾山吾水

和梅疏影诗友韩倚云
携子归海虞访其母先人旧馆
脉望用赠韵

脉望旧馆，本明直臣赵用贤之藏书楼。今移作虞山琴馆，唯供严天池，徐青山等琴贤遗迹于此。是有绕梁之音，而赵公直言不复闻焉，是亦适逢其时乎！

瞒天骤雨暗园林，雾里书楼隔院深。
异代雕龙悲失主，明时散曲漫传心。
携儿已自旌遗烈，履迹还应逗宿襟。
会得腊藏①无限意，神州谁与问浮沉！

注：①腊藏，指脉望馆主赵用贤于万历初，因张居正父丧夺情，抗疏曰："臣窃怪居正能以君臣之义效忠于数年，不能以父子之情少尽于一日。臣又窃怪居正之勋望积以数年，而陛下忽败之一旦。莫若如先朝杨溥、李贤故事，听其暂还守制，克期赴阙，庶父子音容乖睽阻绝于十有九年者，得区区稍伸其痛于临穴凭棺之一恸也。国家设台谏以司法纪、任纠绳，乃今唁唁为辅臣请留，背公议而徇私情，蔑至性而创异论。臣愚窃惧士气之日靡，国是之日淆也。"疏入，与中行同杖除名。用贤体素肥，肉溃落如掌，其妻腊而藏之。

2012.08.09

壬辰十月十四夜，
与高凉、疏影、青衣、纳兰、建东
诸兄饮绿轩下野炊，和疏影韵

山间璧月夜勾人，携酒呼朋远俗尘。
石桌开筵知露泽，枫亭待客说鸿钧。
烛明金谷生如梦，诗赋梁园醉却真。
但得良辰长似此，余年何用问迷津！

2012.10.31

叶永青先生游虞山
又"赭石集"画展开幕感赋

滇渝一叶下江南，便觉吴山起翠岚。
藏赭原非循古道，寻真还欲问澄潭。
笔耕峰影缣将破，线引禽愁墨未酣。
已自凭高消白雪，源流沧海寸心涵。

2012.11.15

2013 诗咏常熟

吾山吾水

暖日熔金梅欲語，蒼山綴玉鳥初鳴，榼傾閩浙茶兼酒，几列川原膽與莖，沂上野人說先進，江南座客愛知生，東風翻覆衣冠變，素壁枯籬各有情。

顧君新歗聰慧好學，從吾學戲文，榮日進千里，誠詠鬻筆陳之才令人余門謂乃余之韋叔，特錄二筆春宴詩以嘉其意。辛丑新正廿四日陽識

虞涧野炊作

癸巳正月廿四晚，巴渝梅疏影君邀查、汪两老，及纳兰、青衣、建东、锦瑟、吴歌诸君与余，于虞山公园涧底畅饮。查老起句云："涧边夜饮效兰亭。"嘱续咏之，以识斯事！

涧边夜饮效兰亭，泉似和弦山似屏。
隐隐危城传虎啸，幽幽苍干舞龙形。
倾杯欲履癫张迹，举首还寻蒙叟灵。
已得佳时当不忌，无风无月亦无醒。

2013.03.08

癸巳孟夏偕疏影
登虞山门城楼凭眺感赋

堞外两湖明日月，坐中孤阁俯江川。
凭谁更执吴王剑？为我广开常熟田。
群鹭有声随树宿，数峰无语向城悬。
此身恐在凌虚境，漫咏冥昭下碧天。

2013.05.13

吾山吾水

吴正明先生赠余
《寒柳一叶》有怀，步牧斋先生
秋夕燕誉堂话旧事有感韵

耄耋悲欢不问年，案头坟典尚山然。
绛云梦觉希贤后，红豆春回赠客前。
墨本凝灰延楚些，心缘寒柳鉴吴天。
始知循道崇文地，亦有东南填海篇！

2013.07.02

太常引·中秋前二日，
与汪老及高凉、青衣、许峰诸兄
兴福朴素斋茗坐赏月作

一天烟色镜中收，玉影动芳瓯。
今夕会吟俦，有好酒、欺肠涤愁。

凭栏欲问，桂华消息，尘外且幽游。
唤取素娥留，还说道、银轮未修。

2013.09.18

而倚吴王养鹿处亦既登真来渡之蒲岳尘
涤净禅光逼迫有高楷渡江辞富而文
凡几人诸钱奇秀出乡谱盛籍先生假寿
云顺时早云芙继武子夏陶朱苦风流不馁锦
绣胸五十载吉文呙期钟舟安得告乃祖裔来
耍滴六泛烝桥邓仲吕龙迅阊一苇流向大江
东四昭耀蕺仙刀爷农人未识雍村居掂点而
南泖故宇咏影浪来四百载宁邦珠玉瘞肉
土诸君学步無時矣踪迴召刑朝崇涣愦吐但惜天
公兴無情日月雙轮碾诗俱当跨擦髙撐沈
吟辑竞颂寧郓老杜猗侍不覺時難容四海劳
鯨学忠秉子美懔牧筒辅句当當換射湘岑
雕斵屠狗之辈宣岩伍
庚辛秋日明社諸君邀進牧筒胡楸里
乃作樂蒲歌以酬陽山

步柳五兄韵，贺今虞诗社成立

歌哭无能鲁壁前，相将循道向琴川。
青山影淡人归后，丹桂香弥客占先。
附尾长须分鹿马，驾鸿自欲问云烟。
莫因纬划尊庸德，世运当传说剑篇。

2013.09.23

大石山房中秋琴会

主人好客坐楼中，手抚冰弦叩紫桐。
大石无尘宜泻月，层荫有意自鸣虫。
七溪漫洗许公耳，一岭长存严子风。
曲尽清辉栏外远，溟蒙雁影唳寒穹。

2013.09.23

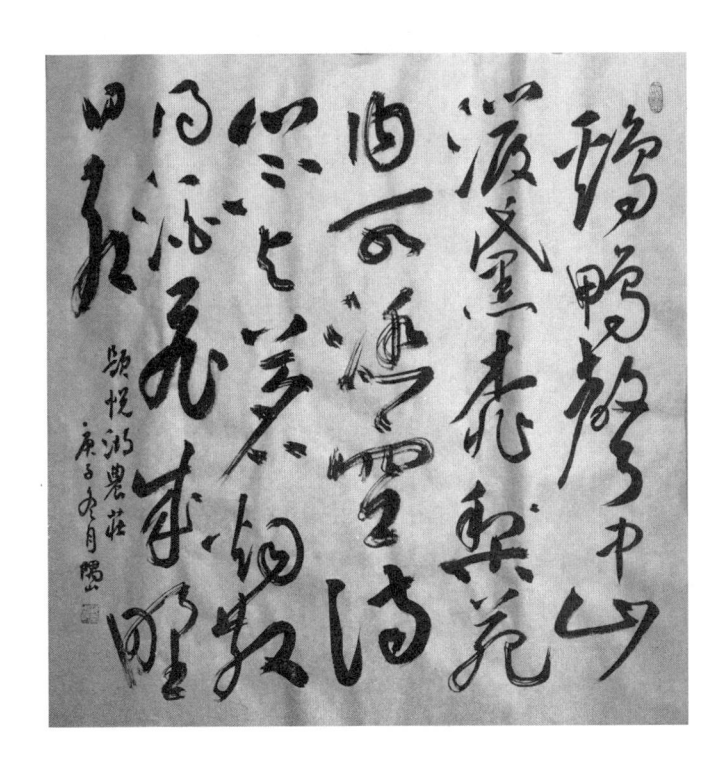

鹅鸭散乱中山，
浅黛深朱映芦花。
曲曲渔舟云水清，
依依茅舍细雨斜。
何处飞来一明星。

题悦沁农庄
庚子杏月 隅山

吾山吾水

台风后细雨中观泉堂畔石谷亭中与高凉、疏影两兄分韵得观字

曳尾东南自在观,坐知海若泛轻寒。
雨从画圣亭边过,山自吴王梦里看。
桂事不堪承露霭,枫期渐欲染衣冠。
正疑水漫无归处,一脉龙溪度石栏。

2013.10.13

偕江南雨兄于曾园孰关谒查老,得见一联云：其清在抱水当风,乃分韵得抱字

五载饱看山,孰关得其道。
案头松竹生,壁上云烟老。
碧水环如绸,芳园展似缫。
当风芰荷多,一一舒怀抱。

2013.11.02

2014 诗咏常熟

吾山吾水

甲午正月朔日归乡感怀兼寄诸兄

闲写黄庭不换鹅，晴窗春意一宵多。
梅痕漫点藏形屋，草色偷沾洗耳波。
海上筹添众鸥聚，天心律转万家和。
傍篱更觉韶光好，笑逐儿童拍手歌。

2014.01.30

与雪月山房、竹林晨溪诸友维摩寺探梅

雨色岚光静不分，南朝小径入氤氲。
维摩家在琼岩上，种得梅花似白云。

山影微茫一径长，梅痕风色近齐梁。
黄昏到寺无人会，惹得门前几树香。

道是无门却有门，门开门合尚难论。
山前欲问门何在？万朵梅花压履痕。

2014.03.04

吾山吾水

雨足春寒梅已迟，山家深锁百千枝。
几番探罢人俱散，回首还如未探时。

2014.03.06

甲午桃月朔望后一日，力刚、李纯二兄招大石山房琴会有赋

三吴佳客满高楼，岭上弦音夜不收。
绕室灯芒明似月，侵衣花气淡如秋。
衡阳雁向西城下，湘水云随大石留。
自觉层阴遮不住，孤桐流徵动仙俦。

2014.04.15

甲午桃月之末黄河兄过海虞有赋因步其韵

薄霭轻霖作胜游，虞山漠漠似清秋。
草沾竹露开僧径，柳拂菱塘出谢楼。

且自延茶看晋帖，何须对酒说吴钩。
骋怀不觉市声断，几点星灯为客留。

2014.04.27

甲午清和月初黄河兄再访海虞石谷亭茗谈

绿树阴浓侵碧穹，茗传香缕意融融。
亭闲不觉连城迫，径曲长疑异域通。
坐待言公今古地，悬论蒙叟是非中。
繁华已尽莺雏老，啼出空山处处同。

2014.05.04

点绛唇·甲午三月晦日力夫、高凉、峻石诸兄来虞，观泉堂品茗，约赋送春词，因成两调

其一

莫道留花，好花长在无心处。
石泉高古，犹有幽香度。

吾山吾水

翠影闲身,光景何须数!
偕仙侣,杯茶清苦,和个吴山煮。

其二

碧玉堆云,主人都向云中住。
即今如古,花落泉流去。

为客悠然,三载将春误。
凭栏处,余香几缕,应在池边树。

2014.05.04

**甲午榴月朔望后一日,
菱花雅集群于观泉堂品茗、
听琴、赏月,因得两律**

其一

海畔青山俗未移,窥人鱼鸟识人痴。
常怀秉烛游桃李,更欲携琴问子期。

岭上岚深金粟隐,池中月浅碧莲知。
但穿亭榭循幽径,疑是言归栗里时。

其二

久疏欢伯赖茶浇,小恙焉能负此宵。
宜月山林归梦影,失花天气隐兰椒。
肆言难悟春秋法,列坐犹称魏晋朝。
回首连城似汤煮,谁论柳跖与唐尧!

2014.06.13 至 2014.06.14

浪淘沙 · 菱花雅集
闻雪莲女史抚琴而作

冷月满天山,雪意绵延。伊人独坐影娟娟。
薄袖柔葱长抚处,声在云边。

低唱惹无眠,仿佛闻巅。金鸾玉凤伴人前。
待得弦凝垂手立,始觉春怜。

2014.06.18

吾山吾水

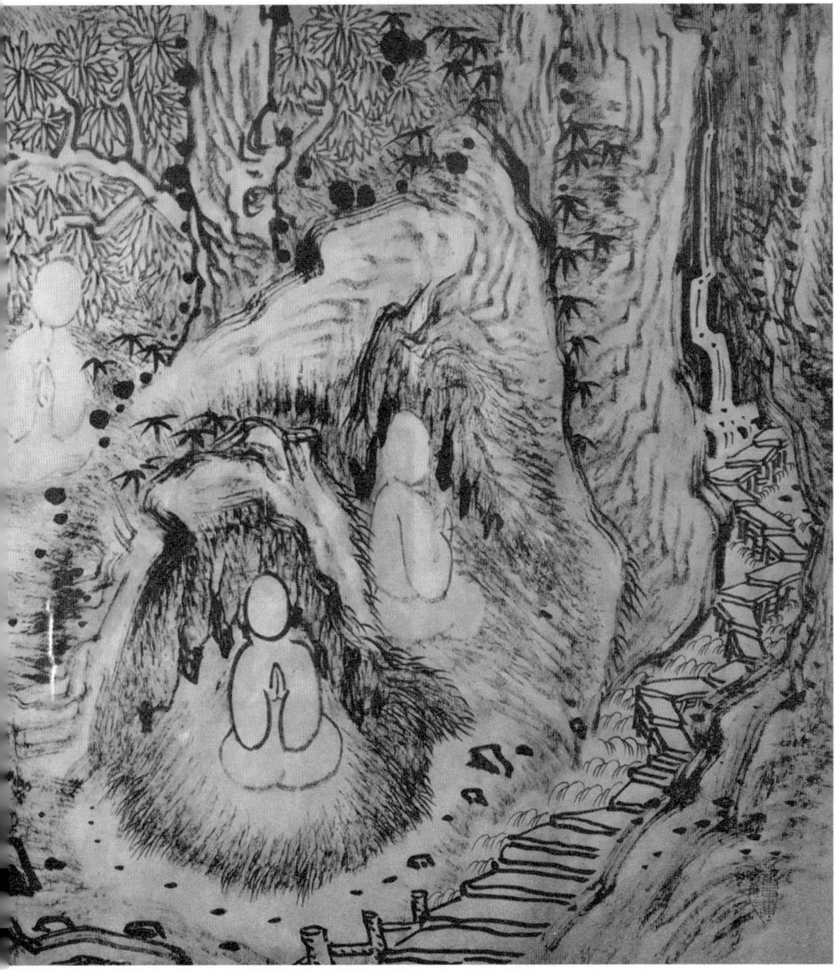

吾山吾水

甲午仲夏与汪老，隐秀轩主骑车沿山酹酒祭拜王石谷、赵古泥及钱柳墓，并茗酒于景秀园作

祭柳墓

抔土莺花远，时迁识道魔。
我来三酹酒，君已不能歌。
独鸟归林早，微云过雨多。
徘徊终日暮，恨失鲁阳戈。

景秀园茶酒闲坐得赋

尚湖烟水白浪浪，柳影山痕一带长。
渚上凫来亲草色，堤边客坐悦荷香。
垂纶未解太公事，荡楫又看如是舫。
为有好风贪日暮，樽前小睡即仙郎。

2014.07.08

高阳台·甲午荷月望日之夜，与汪老、高凉、隐秀、见君、青衣、雪莲诸君登镇海台赏月，约赋之

幻月云轻，听松路窈，偕俦啸立高台。

堪倚危栏，悠然饮露传杯。

冥鸿已恨孤飞远，待归来、犹绕崔巍。

倩谁亲、二泽烟稠，一郭灯迷。

长怀故国无眠久，正姮娥弄影，桂阙搴帷。

漫说前踪，尘寰笑泣相催。

凌虚且作瑶庭舞，更乘风、逸唱酬题。

怕流光、舍尽朱颜，朽尽霓衣。

2014.07.19

甲午夏末秋初为翁同龢逝世一百十周年作

其一

少承儒训欲匡时，笃志棘围攀桂枝。

知止斋中修己早，彩衣堂上侍亲迟。

纵无鹏翻抟鲸海,犹有麟书到凤帷。
阅尽风云遗德望,此心不愧两朝师。

2014.08.12

其二

环瀛众戟例新磨,金气初翻太液波。
尊士尊天犹蔽道,爱羊爱礼已伤和。
禁园事业销兵势,与国文章悦岛魔。
唯叹千篇平治策,空余翰墨得名多!

2014.07.20

其三

运移鼎祚事全非,坛庙倾颓力不支。
无怨于邦终未得,求仁到井岂能为?
皇庭再叱公车愿,庐墓长忧麦秀时。
六十年来功罪换,北山影里一灯疑。

2014.08.11

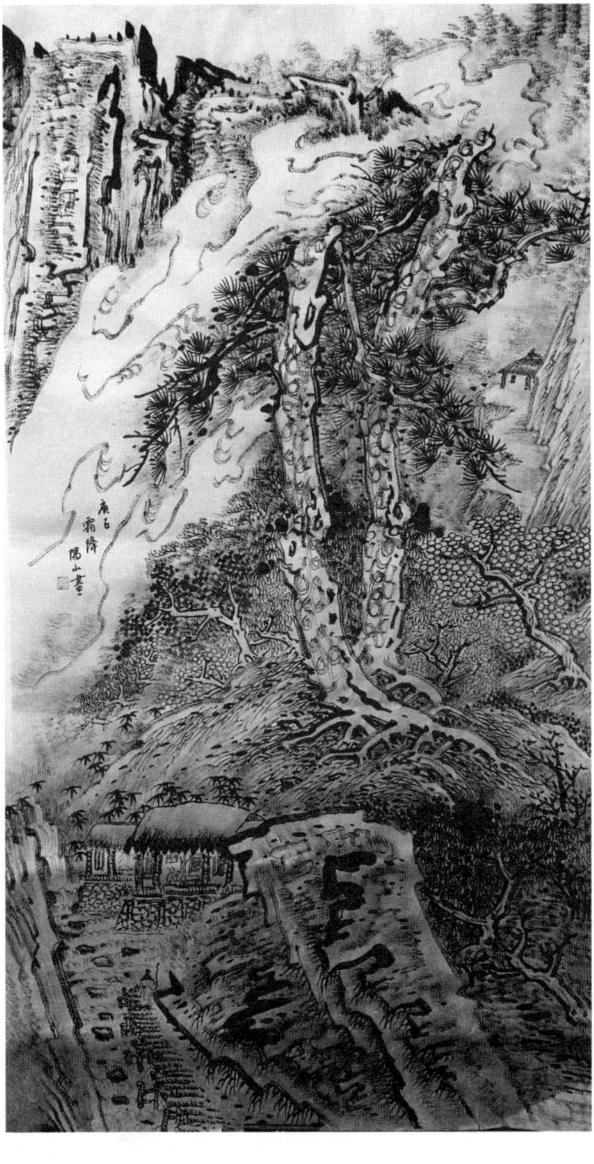
庚子
霜降
陽山畫

吾山吾水

甲午中秋半山轩雅集

桂馥醪醇四美全，蟾宫幕合亦欣然。
照山灯火明三径，绕阁人声沸九天。
座上离尘皆似鹤，云边饮露尽成仙。
夜阑弦动清徽发，听月听风自不眠。

2014.09.08

甲午中秋后一日夜，李纯兄见招，图书馆和风书院露台琴聚，月出焉

秋入娜嬛桂满枝，碧阑干外好风迟。
琴方有语传鸥梦，月已开颜笑客痴。
遁野云过迷秀岭，凌虚露下浥轻帷。
冥冥不觉弦凝绝，惆怅寒林促织时。

2014.09.09

甲午八月廿一，吉吉学兄招饮，奉随震师、瑞公维摩山庄望海楼琴书雅集

路转西城近碧霄，岚间犹可住耕樵。
满园新桂闻如酒，数盏陈茶品似韶。
向古情怀难众乐，惊秋事迹见孤标。
凭轩一曲谁能悟？金粟居中百垢消。

2014.09.16

2015 诗咏常熟

吾山吾水

岁末归乡宴众亲戚步钱公谦益长干偕介丘道人守岁韵

一担肩挑一手提，白头犹自向人低。
已知有泪贪颜笑，常道无能羡鸟栖。
燃灶开筵先置酒，生炉盖罐慢煨鸡。
但言辞岁多觞饮，莫管寒星点点西。

2015.02.18

乙未初春访黄公望纪念馆暨宗洪兴赭石砚工作室得句

祠边微雨欲凋兰，瓦脊浮烟俎豆寒。
客至应知茶气暖，人亲不觉昼光残。
画图曾染春山碧，制砚新磨石洞丹。
为觅遗风犹沽酒，携来柏下尽余欢。

2015.03.16

乙未年上巳节与汉家兄观泉堂茗坐感赋

观泉无意复观心,泉响心情两不禁。
游女妆成林下蕊,退翁闲作石边禽。
风和想象长安事,日朗寻思曲水吟。
笑语玄言聊共乐,环山松竹自阴阴。

2015.04.21

力夫、君明两兄来虞之破山寺后禅院茗坐依力夫诗韵

意诚皆是佛,缘到不须春。
但见空心水,曾留渡劫人。
观鱼惊朽骨,问影累疲身。
日隐楼台失,偶然波一粼。

2015.04.23

观泉堂闲咏

灵泉何处来？层岩隐苍木。
时有衔花禽，散入云边竹。

径曲人语遥，亭空东风碧。
蚁行枯叶间，又复上松柏。

石在水中移，水于石间破。
春暮无余观，落花杯前过。

明庐正宜茶，玄潭余空想。
不知鱼未眠，但见孤光漾。

石影月中分，泉声杯里静。
相看勿复言，清风时一省。

独坐野风多，池台空陈迹。
灰猫无所思，息影踞黄石。

2015.04.30

芝溪访旧

乘凤骑龙隐宿名，黉门消息隔重城。
卅年访故青衿换，一带迎新碧玉生。
盐铁曾关兴废事，楼廊犹蕴古今情。
三桥过罢儒门在，添得深庭百石萌。

2015.05.21

桂村寻隐

末世才高亦自悲，桂村虹隐少人知。
无麟可获唯删述，有翅能徙辄禁持。
路接虞山希牧叟，心随楚魄续骚辞。
百年兴替层楼在，只是书声异昔时。

2015.05.21

乙未年四月初七半山轩同门茶聚

浮生一刹暂偷闲，坐定青山拟不还。
已向书中寻老境，又从杯里展欢颜。

黄王德行终能养，钱柳心情未可攀。
最喜清风穿碧树，来吹满座鬓毛斑。

2015.05.25

乙未年四月初九力刚、见君、纳兰、李纯、李俊、雨素微等八友于琴河雅舍招饮，嘱余赋律记盛

曲巷风回行客稀，河东小阁夜生辉。
人归静界神方畅，品入玄门世自违。
言子桥头弦韵远，严公祠里道心微。
凭窗一脉琴川过，寂寂清流惹忘机。

2015.05.27

御田园宴后

良宵得酒便称狂，为报壤翁各尽觞。
樟树林香迷曲径，衡庐灯灿绕回廊。

儿时有伴颜皆改，亲内无人事可忘。
且向田园图一醉，于今几个解耕桑！

2015.06.15

疏约兄自沪过海虞，及暮，饮于石谷亭

待月高亭月正迟，论交石谷永眠时。
看山漫有骑牛愿，把酒更余投瓮痴。
严子弦空唯抚碣，张颠书罢愧临池。
吾兄料是前朝客，醉后犹生挽日悲。

2015.07.14

乙未秋日金水兄偕子来虞，蓼溪居士、十觞兄自梁溪至，于破山寺后禅院品茗 约步常少府诗韵

西风吹宿雨，薄雾隐青林。
曲径来人少，澄潭隔影深。

随流鱼任性，栖树鸟无心。
坐觉廊檐滴，犹余太古音。

2015.08.24

秋夜观泉堂夜饮

闲坐西山不解酲，隔林溪似梦边听。
栗能通饮风中舞，桂已成酣月里馨。
满地虫言长切切，一池荷影尚娉娉。
良朋都在移樽处，醉却檐头几颗星！

2015.09.18

重阳将近观泉堂茗坐有怀

鸿天杯影未成欢，蹇足池台俯仰间。
饮愧茱萸遗玉醴，吟憎蟋蟀唱玄关。
攀云宁用余生屐，卧石终无五两纶。
闻道寒泉能涤志，于今富贵在潺潺。

2015.10.15

吾山吾水

大江清酒与相能酬坐南窗待月昇晃几流光生桂影十方清气养心怡暖书楷模奇文字鸣鹤当怀旧友閒万户沉江准撂出孤舟白浪搀棱嶒

七月次韵大苏游东园余游小院中楷书点点悦禾 隅山主人

贺新郎·菱花馆咏怀

百载江山改。

甚蟫林、依然尽说，旧家丰采。

柳拂菱塘如有意，可惜斯贤不再。

但问取、拿云慷慨。

精卫东条俱休矣，料人间正道关成败。

羡彩笔，胜殷诚。

华城故馆书香在。

怅西风、摧红变绿，赋心无奈。

满箧雄辞谁能识！长恨无闻謦欬。

叹此际、人天都殆。

幸有儿俦循风雅，振金声铜吼传中外。

对画影，气澎湃。

2015.11.11

2016 诗咏常熟

吾山吾水

瓶隐庐雅集作

丙申二月二十，辽海于文政先生来虞，谒牧斋墓，游尚湖，翌日与姑苏种桃道人、飘然，梁丰柳五、月明、岐山，虞山朱育礼、查韵法、王建昌、吴健刚及菱花馆王云等诸贤三十余人于瓶隐庐雅集，畅言诗咏虞山，余感赋一律，以记其盛

芸薹围合隐庐春，小院筵开隽语频。
异代悲欢同黍稷，两朝褒贬别君民。
文章劫后书楼在，风雅传时墓表亲。
终见灵心归大道，满城唯听说诗人。

2016.03.31

吴门诗社一行八人来虞，游山得句：青云得路且回头，董公属续成七绝

千寻峰顶百寻楼，未必跻攀属俊流。
世上湖山佳绝处，青云得路且回头。

2016.04.12

游尚湖拂水山庄感赋
步于文政先生赠常熟诗韵

百万东风汇玉楼,曲栏深处认瀛州。
人贪花气凭鸥过,柳拥湖波任雁浮。
咳唾珠成应继楚,弦歌梦绕似回周。
今朝但卜先生愿,长对青山听棹讴。

2016.04.22

友挚许峰君属题书斋名,
乃名之曰望云,
并为赋七律

同窗三载共襟期,别后炎凉待问谁?
幸值高怀长解蹙,更传佳讯又迁枝。
望云应许峰头伫,听雁当凭世外思。
业就闲身堪小隐,湖山相对说清辞。

2016.04.24

步韵吴健刚先生尚湖闲居并贺乔迁之喜

鸥心鹭影水云中,世相诗情至此融。
欲驾东风寻伴侣,将携短棹越时空。
生涯佐酒能留客,事业逢春未作翁。
最喜潮来波浪阔,堤桥接岸似长虹。

2016.04.28

李向东兄嘱题虞城读书（折腰体）

百劫秦灰事已迁,终教坟典续新篇。
心怀吴会真风雅,身入嫏嬛即圣贤。
鱼虫故迹长亲矣,巷陌清芬岂偶然。
留恋城中佳绝处,一杯香茗读琴川。

2016.05.13

丙申槐月同门山弯里人家雅集有赋

曲径幽幽入翠微,连山龙势拥斜晖。
云边鸟语迎新伴,水上鱼欢识昨非。

心有荣华唯梦可,身无挂碍与时违。
因知村舍墨痕少,素壁苍茫聊一挥。

2016.05.14

丙申初夏致贺秋鲈诗社诸友来虞访古

雨浥清和云物鲜,吴江才子试新泉。
招来一涧茶烟里,推出三峰栗树巅。
唤友声知闲鸟乐,安禅诵觉毒龙眠。
神怡自得佳言畅,坐定齐梁问续篇。

2016.05.29

丙申秋与诗咏虞山获奖诸子游董浜泥仓溇得二十三韵

我本田舍郎,久作江湖客。
廿载供驱驰,今始遁行迹。
弹铗成弹琴,白璧换白石。
厌闻射雕儿,翻逐清欢伯。

醉卧虞山秋，醒怀儒道释。
四顾少高情，唯叹谁同席。
西邻颂簪缨，北山空典籍。
东瀛起鲸波，南溟簸鹏翮。
圣贤奈浊清，王霸争顺逆。
人事长如斯，自然焉可惜？
江河多秽污，九州同一拆。
村野如残棋，世路每新弈。
哀我无怀民，伤我有穷魄。
乐俗俗将微，逐月月非昔。
感此劳梦思，永夜良可责。
幸有泥仓溇，留我一亩宅。
亲慈盼孝娱，禾黍期膏泽。
盟鸥应无疑，乡音自不易。
常思续前缘，恨我无飞屐。
待沐故乡风，生年余半百。
逃秦既非能，岂再辩孔跖。
呼朋学观鱼，聊以谢形役。
但愧梦周公，郁陶终无策。
乘桴泛遥澄，逶迤如国脉。

2016.10.18

归乡步韵杨新跃兄丙申小雪后二绝

其一

腻云欲雨湿庭除，廿载空知返故庐。
漫读当时花发处，浩天芳信入残书。

其二

独对寒窗待雪天，九州磨损一篱烟。
沽屠今已能同醉，闲着荆妻补旧棉。

2016.11.25

2017 诗咏常熟

輕車勝馬漱風清刻盡吳天日、晴梅笑應知春未晚柳搖方覺景失明憑高喚鶴瓊輝遠習靜觀魚縠皺平琨重友人微信達稻嘆江漢蟄封城

庚子古月朔日疫初解出遊作 隅山

丁酉清明过仲雍言子墓

绿袖红裳满翠微,齐楼高冢柏成围。
何人为奏言家曲,举国皆文姬姓非。
焉有纸灰能醒世,断无香火可忘机。
贤君历历之推死,柳外空余旧燕归。

2017.04.04

花犯·夜步护城河赏樱,用彊村韵

伫城隅,盈盈照水,灯明影如醉。
为谁含睇。犹顾眄蓬瀛,倾国称丽。
倚栏细染霓虹气。琼妆方艳起。
正覆压、偷生桃杏,流辉湮数里。

时闻晚莺逗遛怀,无端便种了、玉田新地?
应念省,春渐老、恐成痴事。
闲情付、满河笑语,堪再问、吹香如梦里。
待唤取、赵昌能画,飘零难物理。

2017.04.05

端午前二日同门诸兄维摩山庄望海楼雅集

节近端阳日日晴,海隅山色翠岚轻。
登楼已觉胥涛远,开卷犹思楚些赓。
坐上诸君怀旧迹,枝头众鸟喜新盟。
回看攀陟云边客,都在维摩榻下行。

2017.05.28

丁酉红豆诗社春天诗会游梅李聚沙塔作

偏居不碍大光明,迥出诸天照古城。
此际登临空世相,何当俯仰息心兵。
洛阳白马西来意,江上锦幡东渡情。
终是聚沙已成塔,满园嘉树任啼莺。

2017.06.16

三姝媚·红豆听雨

芙蓉庄上雨。
正红沾吟痕,青凝幽绪。
梦想灵胎,蕴古欢、卅载赤心谁许!
记取玲珑,堪袖冷、几番歌舞。
漫说多情,唯有熏风,暗吹香缕。

芳意何人妒。
渐堕叶融泥,弄阴堆雾。
倦绕回廊,叹纵余清泪,也成零露。
望里烟笼,尤枨触、瞒天私语。
甚日重归南国,千山似煮。

2017.06.17

饮绿轩

碌碌中年万事陈,已知无处可成春。
山前演漾清溪上,爱惜莲花作后身。

文庙遇雨

邹鲁风来殿阁孤，连城澍雨掩皇图。
官家不用弦歌意，何事沉浮独问儒！

归 乡

一篱柔蔓遮颓壁，半院闲花映夕阳。
只为枇杷鸟能食，故留高处几枝黄。

2017.06.14

丁酉五月廿五日彩衣堂

妒花岁月已轻过，剩有华堂旧梦多。
知止何曾能避劫，维新终觉似投罗。
康梁异路真无奈，翁李同舟又若何！
六十年来悲铸铁，宏图不挽是颓波。

2017.06.19

丁酉六月十四偕见君兄、
李国强小友
访翁家村钱泳故居

有路偶值虞山西，有眼不见钱梅溪。
来时铁架砖墙森然立，巨宅成土土成泥。
依然明日歌纷纷，夹墙泾上何堪闻！
令人遥拜宛山塔，空言已识翁家村。
暗抚残门自慨叹，万卷何如一梦烂。
市街穷处长河湮，谁曾舣舟绿柳岸？

2017.08.05

再游江南红豆园

群花开落故迟迟，长夏田园日日奇。
叹景何须随远志，寻芳正可说相思。
海隅风气滋嘉木，江左文华发老枝。
安得凭君多采撷，再教摩诘赋新诗。

2017.08.17

吾山吾水

丁酉夏日王介玉先生处观砚

水磨火劫几番新,高士良工特地亲。
抚物应能祛二竖,奏刀犹可解全贫。
铭文故事唯追隐,砚史遗风且寄身。
架上床边云气结,不堪久坐感麒麟。

2017.10.10

丁酉九月初三,毗陵[1]何丽媛、徐立静两女史入幻庐门下,因赋诗记贺

福地凉深漫鹤烟,东南至道合天然。
分茶故国清风拂,命酒瑶台玉女传。
自以闲情能矫世,犹须彩笔解吟笺。
山前醉卧休惊怪,恐是张颠或米颠。

2017.10.23

---

[1] 注:毗陵,今江苏常州市。

题归景灏墓志铭拓片

　　丁酉菊月于徐市智林寺拓归景灏墓志铭,乃顾士霖洪亮吉撰文,钱泳书丹,兼拓元道院碑,有常熟州字样,乃忆隋开皇年间置常州,旋移治晋陵事,因赋!

　　开皇何必等闲收,小城下邑本无求。
　　禾麦俱熟常自足,元人纷言常熟州。
　　穷时崇武富崇文,丧家万金立碑坟。
　　顾公洪生宣才藻,隶意犹推钱立群。
　　拓人文字喜人书,坐看前朝二百余。
　　为艺为人何足道,摹写时时入华胥。
　　应知黑白来自然,唯笑彩墨舞人前。
　　流连但得全笔画,何用天京大都仰圣贤!

2017.11.03

秋扇、青凤、我瞻三兄游虞小集
金明池·题吊柳图(步柳如是韵)

　　画里青山,琴中流水,依旧盈盈南浦。
　　问堤畔,无端寒柳,辜负了,几番烟絮。

正萦愁，斜日轻岚，魅孤影，岁岁为谁犹舞。
叹红豆吟魂，绛云尘劫，已化玲珑新句。

　　休伴满湖桃杏雨。
　　纵穿燕藏鸦，此身何许？
算词笔，写成绮梦，写不尽，败荣如故。
自飘零，一角荒丘，便种得琼瑶，灵心应苦
待拂水回波，空澄万里，只有闲鸥堪语。

2017.11.20

秋扇、青凤两兄来虞感兴

　　自持琼蕊不闻香，命驾翩然踏晓霜。
　　尚水因缘堪洗耳，名山事业总搜肠。
　　诗经红袖方成诵，石[①]伴黄公始得藏。
　　但向峰前松桂落，悠悠一径到沧桑。

注：①石，指黄公望使用的赭石。

2017.11.21

吾山吾水

丁酉南苏院雅集

南苏院雅集,云在师写意,七峰兄抚曲,余等吟句,虞山诸雅,尽其二三矣

绝隔喧尘降大罗,南苏小院水云多。
分杯瑶圃三钱叶,濡笔鹅池一寸波。
屋角虞山[①]憩玄武,檐头桂阙俯姮娥。
兴余欲傍琴川坐,甫觉丝弦滑指过。

注:①虞山顶有玄武殿。

2017.11.22

酬钟锦兄

钟锦兄闻虞山风日谐美,人物高华,暮自沪上至,谒雍言钱柳诸墓,夜宴得意楼,未竟而归

劫尽荆蛮桂菊秋,为山为陇足风流。
驰神故事朝东涧,淑世乡音忆陕州。
文学桥头沂水近,弦歌声里茗烟浮。
擎杯但与春华约,一颗丹心一豆[①]求。

注:①一豆,指红豆。

2017.11.22

2017 诗咏常熟

水龙吟·咏枫

海隅霜破千山,连林自语西风瘦。
殷红向日,枯黄坠石,尘寰渐朽。
陶径门闲,谢池舟静,韩姝无偶。
自凭栏整日,题诗片叶,寒溪远,何人候。

犹可高亭煮酒。
任孤怀、漉巾沾袖。
峰头炫彩,岩边弄影,竟谁能负?
幻想吴江,梦回吾谷[①],悠悠成叟。
问同游几度,碎声如玉,一时消受。

注:①吾谷,指虞山著名赏枫地吾谷枫林。

2017.11.24

2018 诗咏常熟

小雅君招余与陈虞、阿笑诸诗友联珠洞晚宴

大道闲闲小道余，游人争说是联珠。
溪源一洞随云远，屋隐层林过雨殊。
行见山鹃为古国，坐倾村酒作狂奴。
调盐滋味无须问，台鼎何曾解用厨！

2018.01.21

桃源石屋二涧及维摩山庄雪霁偕诸诗友履迹

凌寒水激已无苔，藏壑舟遥未可猜。
笑指苍山蒙叟卧，为吟白雪美人来。
班形安得秦余迹，积素应留晋逸才。
回首连城皆足下，犹看高处一梅开。

2018.01.31

戊戌雨水维摩探梅

白雪山头细雨滋，雪消花气动梅枝。
攀香已觉行泥苦，寄傲终怜曳尾迟。
江海蒙蒙迷苇迹，齐梁杳杳隐禅机。
林间纵有繁华梦，湿尽衣衫莫问期！

2018.02.19

近上元虞山公园感兴

流辉如梦梦如烟，佳节心期合不眠。
俯首因知身委地，倾情顿觉魄浮天。
云中风起连山动，柳外波明共月圆。
欲问寒宫谁可达？濒湖长对影娟娟。

2018.02.28

燕园早春

古宅春风未许猜，游人纷说驻鸿才。
香岩①去后石犹立，橘隐②归时松始栽。

吾山吾水

倚壁梅花洗眸净，漫园兰气染襟开。
擎杯莫任茶烟散，坐待东南燕影来。

注：①香岩，指台湾知府蒋元枢，号香岩。
　　②橘隐，指张鸿，别署橘隐。蒋元枢与张鸿是燕园的前后主人。

2018.03.09

再茗饮绿轩

奇石清流两未磨，古桥闲径自熙和。
岩边冰蕊因风少，林里玉兰经雨多。
四顾曾吟梁苑雪，一栖犹唱紫芝歌。
山家应与东君约，时送瓜蔬满篾箩。

2018.03.15

戊戌春分常熟东南道上作

寒风细雨落梅多，佳处偏宜节候磨。
车向平湖开锦绣，人登杰阁见嵯峨。
青苗始觉鹃啼早，弱柳其如燕剪何！
闻道芦青鲀欲上，携壶常拟醉鸥波。

2018.03.21

繞林禽語花能解

漫石泉心草可猜

雲上抱琴客

戊戌护城河赏樱

数日晴光罨古城,一川花影水中生。
人知气淑争留景,柳觉阳和但啭莺。
向老襟怀谁可道,爱雏心迹月先明。
徘徊已负西山约,漫撷虹辉满袖清。

2018.03.27

戊戌二月十一日尚湖

倚槛倾杯万象空,何妨纵浪此湖中。
舟摇秀岭同张翅,影曳春阳类转蓬。
水面原多浮鲫雨,天边不少沐鸥风。
缘堤辄有投机客,几个垂纶学太公。

2018.03.28

戊戌上巳携家人登虞山剑门入藏海寺

浓春三月更初三,靓女顽儿弄碧岚。
甫上门楼夸一剑,犹望湖甸小双潭。

喧喧藏海空迷蝶，寂寂玄天欲茧蚕。
长寿桥前常驻足，心随流水只朝南。

2018.04.19

戊戌春仲携子颐由虞山门至西城楼阁

飞下层霄作小栖，林阴深处玉楼低。
身临五岳犹称孔，心泛双湖独认倪。
蝼蚁无能竞高穴，鹡鸰同命偶幽啼。
繁英落尽溪流急，漫踏空阶步步迷。

2018.04.28

戊戌春仲登虞山城门

暂凭龙势捧骄阳，四顾华城入渺茫。
江上潮来鸥梦远，峰头云过鹤身藏。
倚楼犹诵商翁赋，抚堞空怀伍子伤。
漫说吴钩开国祚，当年亦自弃吴王。

2018.04.28

吾山吾水

春仲至南湖

湖上微风弄晚晴,潮平岸阔少人行。
经春芦长肥鱼集,照影梅空弱果生。
静待游船波不起,闲依垂柳鹭初盟。
野芳虽少何须怨,数点红黄自送迎。

2018.04.30

戊戌春暮偕姜丰兄书台公园茗饮

三月花残始有清,林幽石峻亦留情。
读书台[①]上碑成古,焦尾[②]泉边弦欲鸣。
高会余生江海愿,倾谈此际鬼神盟。
茶烟正与闲云合,隔断东山五百城。

注:①读书台,指昭明太子读书处。
②焦尾泉乃琴川之源。

2018.05.02

与文波、秦时明月、言淡淡三道友游秦坡涧①

溪途似绝历荆榛,忽迸飞泉涤故尘。
松鏊转来千树润,石门开出一峰新。
脚边岚气迷城市,天外风声动介鳞。
料得卧牛知奋足,不须鞭处说嬴秦。

注:①虞山状如卧牛,秦坡涧传为秦王鞭出。

2018.05.08

许峰兄招余望虞台会诸友后作

一角亭台浸碧湖,有人台上望勾吴。
太公去后鸥波在,虞仲来时龙气苏。
堤上熏风知拂柳,日边静浦解还珠。
倚栏无限空蒙色,染就江南水墨图。

2018.05.09

吾山吾水

華嚴大教破山承空闊無邊妙
諦探東洞於斯成淨侶偶
庵末日記傳燈雲翻潭影
醒諸侶風展幡形悟一僧或
有奇情陶此窈偶坐鐘聲
声雖憑

興福寺詩兼益與佛教研討會
己亥仲夏雲山抱琴客

谒王石谷纪念馆适值王伟农兄书法展

先贤事业此留踪,翠掩新祠隐画宗。
履级清晖堪养鹤,巡廊墨气欲生龙。
心驰岂必蒲轮愿,道古应怜蕙径雍。
向日徘徊风自起,出门长望二三峰。

2018.05.15

戊戌夏日再访联珠洞

白云招我北山行,漫涧珠联出洞鸣。
树密长生千秋冷,居颓犹绕万斛清。
唤无老妪开前户,坐有闲禽唱后茔。
十载石梁南畔路[①],杳然空到化愁城。

注:①石梁南通三峰寺。

2018.05.15

吾山吾水

题虞山公园诸湖石

隐于林下巧于心，手抚玲珑费短吟。
沁雪[①]寒生感吴越，卷云风起泣徽钦。
娲皇天上霞怀古，外史[②]人间石癖深。
日向湖山昭万象，何如瘦影昧浮沉。

注：①沁雪、卷云，皆公园内湖石名。
②外史句指米颠拜石。

2018.05.17

再茗辛峰茶室

双陵不语向人青，上有辛峰入窈冥。
万树争擎白云路，一杯长泛翠华屏。
望虞亭[①]远同兰臭，思伯台[②]高唯德馨。
叹息贤君归去后，野花无梦自娉婷。

注：①望虞亭，在无锡鸿山，传为泰伯因想念仲雍而登眺虞山所筑。
②思伯台，在辛峰茶室旁，传为仲雍思念泰伯所筑。

2018.05.19

重过醉尉街①，是夜饮于洗砚池，醉矣

我来醉尉去，醉也无人知。
手扶颓墙立，空学颠与痴。
曲巷久萧索，游人已无奇。
纵然多醉客，终非盛唐时。
幸余仍弄翰，欲书唯叹迟。
生不能见公长安道，死不能为公研墨濡苍丝。
为艺岂分今和古，为人只与心奔驰。
技自易伪，狂合天期。
天期不与，同公无奈尽绿醑。
洗砚池边自酝酶，倚案真如易肠鼠。
讥凤翔，笑鹏举。更持寸毫空吴楚。
满壁龙影旋酒杯，倏然飞向山青处。
上有草圣祠堂入云端，颠翁不归孰可语？

注：①醉尉街，草圣张旭任常熟尉时之遗迹。其余尚有草圣亭、洗砚池、草圣祠等。惜草圣祠已毁。

2018.05.20

过杨晋①墓

山近宜埋骨，林深足避喧。
青青杨子鹤，不与后人言。
酹酒祈前躅，栽花证故园。
石翁应有信，雁羽隔空翻。

注：①杨晋，字子鹤。王石谷最著名弟子，墓在虞山北麓玉蟹泉下左侧。

2018.05.23

咏言子井

古宅深藏日月迟，三吴夫子出危时。
乡心北去弦歌解，吾道南来文学知。
石上研池侵瑞露，庭中墨井动寒漪。
居人久住无新意，指点繁阴掩断碑。

2018.05.23

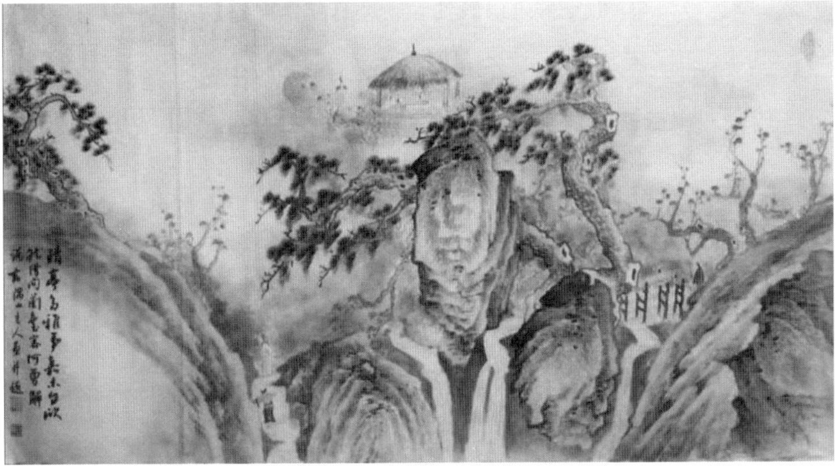

吾山吾水

邵老乌涧夜饮（今名乌龙涧）

野芳嘉木罨清溪，闻有乌龙曾此栖。
伏体岩幽鳞甲动，潜形涧曲水云迷。
峰高鹤影飞还没，寺暮禽声鸣渐低。
似觉舜过山破处，一杯甘醴乐群黎！

2018.05.27

再饮邵老乌涧酬紫苑主人

山岚石气两侵衣，小阁寒生暑力微。
坐觉溪流泻幽涧，笑闻禽语出芳菲。
三巡欲向茅台住，七碗犹从阳羡归。
甫得余年清净理，重阴惜取几星辉。

2018.05.29

戊戌清和雨中游归家市①

漫天霖雨涤清尘，雾巷烟楼俚语亲。
窗对白茆塘水涨，门依归市石街邻。

崇文守正终为乐，抱朴甘穷岂在新。
画圣宗支应可觅，桥头为问晚行人。

注：①归家市为归椿兴修水利围垦良田所致集市。又为王翚祖居地，传有王石谷祠，今已不存。

2018.05.29

宝岩村居

湖山相属玉堆盘，青白无尘色界宽。
信步堤边新巷陌，迎眸世外旧衣冠。
车行频颤游鱼水，舟动微摇护鸭栏。
隔岸呼儿童子笑，满川云影过飞翰。

2018.05.30

尚湖农家乐观芦

南风无志好青芦，着我烟波一二株。
摇曳从知生事小，凭凌始觉道心孤。
远痕如玉甜滋味，近影当空草画图。
质洁自然仙骨峻，更堪杯酒作疏愚。

2018.05.30

景秀园茶聚

薄阴初霁晚霞明,芳渚垂杨舞态轻。
湖暖风传文蜃气,岸遥云抱仲雍城。
行藏一角茶酒道,俯仰余年鸥鹭盟。
为访商周持钓叟,绕堤犹可问村氓。

2018.05.31

孟夏大雨中游泥仓溇

腻云豪雨足吾疆,路转烟村土亦香。
有老披蓑秧正绿,谁人撑伞麦皆黄?
平居合住庚桑子,渔宿应随白石郎。
曳尾何尝非圣物,泥涂深处任疏狂。

2018.06.01

题古里江南忆书房兼酬何江兄

路接书楼道气钟,名山事业乐穷通。
青墩塘过凤麟客,文学街传沂泗风。

邺架香清堪养志，酒歌景短亦称雄。
偕朋当与江南约，坐看长桥化彩虹。

2018.06.03

道友邀饮尚湖水街

玉榭虹桥浸碧波，养人天气感蹉跎。
一痕山影栏边画，几阵鸿鸣荻里歌。
抚树依稀回古国，观鱼窈渺入新荷。
南风唤我如知友，捧出斜阳金叵罗。

2018.06.06

戊戌春暮小石洞景区

欲买青山花市残，奇情且向茗边安。
鹤归僧舍云栖白，日下峰巅石染丹。
巢雀声随新竹长，游鱼影共古潭寒。
正应乘兴寻元叟，漫踏溪桥倚画栏。

2018.06.07

戊戌孟夏再游泥沧溇

隔绝浮华近太虚,菱川柳陌隐村居。
碧水鱼归迎蠡楫,青田鹭集绕吾庐。
狂来刘项唯余笑,老去陶韦固不如!
自当携侣琴箫夜,明月盈舱枕蠹书。

2018.06.10

戊戌孟夏偕疏约、马龙两兄游碑刻博物馆酬王璐明兄

矻矻孜孜为底忙?良工得酒亦称狂。
拓碑人鬼齐心力,留迹古今同墨香。
石气森森环静室,树荣故故掩华堂。
贤文圣像周遭在,拂面无风午自凉。

2018.06.13

戊戌夏初重游支塘老街，三十年前余曾负笈并立诗社于此

一样人家百感萌，重门尚记旧诗盟。
花墙有迹皆成景，芝水无流不到瀛。
桥上宁回停棹女，廊边久住曝书生。
姚厅张宅应犹在，路转东街步屐轻。

2018.06.14

近暮入方塔公园茗事

台阁池陂柳色娆，美人回望茗旗招。
云腾古井凝甘露，日下明杯动紫霄。
义竹廊中龙竞舞，香樟塔畔雀争噪。
唯怜醉尉亭前水，为有微波接市朝。

2018.06.14

曾园怀古

水归孽海终无奈,路断诸强究可哀。
才子敢持非圣笔,病夫宁上集贤台。
芰荷香远迷真相,耕读庐空感异灾。
却道风光今岁好,凭栏恐费古人猜。

2018.06.16

赵园小记

一亭一舫一桥牵,痴女顽儿笑采莲。
碧水浮云鱼破影,翠裳怀日鸟横天。
殿春榭里留颜笑,能静居中试茗烟。
为有清溪穿古闸,隔窗看取绿杨川。

2018.06.16

与郑宝成、姜丰两兄观泉堂夜茗论艺戏作二首

其一

大块沉沉露气亲，酒阑何意说微尘。
流泉还作千年过，不送人间半点新。

其二

琴鸣泉石拟陶钧，形相长新质尚真。
体物何关洋务派，为人恐说转基因。

2018.06.22

破龙涧闲坐作

黄墙赭石绿苔封，疏磬遥传夕照峰。
是处人归鱼弄泡，何方路隐鸟潜踪。
枫杨一柱云烟扰，芋栗百年岚气浓。
去住无端成梦影，袈裟空挂六朝松。

2018.06.22

吾山吾水

联珠泉边高老庄夜饮
偕港城诸君

野有奇魂招不得，昏然大块付酕醄。
龙虾福地非吾愿，马骨空山正自贫。
虞仲怀犹虚典实，吴王台已废官民。
谁堪坐到承平夜，一种炎凉蚊蚋亲。

2018.06.25

台风将至偕瑞峰兄虞山门茗饮

离尘雉堞与天齐，上有行云若可栖！
目极江湖归白发，身微朝野讬枯藜。
鸦蝉声噪愁林暗，鸾鹤形销恨日迷。
纵是杯空兵象远，御风犹不破丸泥。

2018.07.12

桃源涧探源记

松高篁密石幽奇，万古清溪出路歧。

吾山吾水

何似僇人柳子厚,颓然醉醒乐居夷。

2018.07.13

台风中再茗虞山门

天分世路欲人孤,但以杯茶瞰禹图。
山海空凭亡一美,肴函莫倚失千夫。
遥闻虎变江潮外,谁见熊飞尚水隅!
遍岭蝉吟听不得,云阴风气满东吴。

2018.07.16

偕姜丰兄又茗虞山门

胜景何曾恰再游,位卑还陟最高楼。
数峰岚气侵檐角,一市尘氛息脚头。
自可论诗耽梦寐,谁堪持剑续春秋!
英雄老尽茶帘下,独任江湖满地流。

2018.07.17

戊戌伏月偕友虞山剑门茶饮

日日登临不厌高,东南海色照霜毛。
驰眸广野神犹畅,负手层岩气尚豪。
数岭炎凉分市井,一天晴雨共蓬蒿。
擎杯且与西湖约,万古苍茫化素涛。

2018.07.19

戊戌夏日方塔公园碑刻博物馆廉政碑廊

民有巨冤沁似雪,民有新悲罅欲裂
坐地凉生三十朝,几多身朽心死国也灭。
说甚慷慨黄金台!说甚渴饮匈奴血!
万命唯成燕然铭,石方摩天金瓯缺。
取诸荒山,蠹之贵穴;
取诸蓬蒿,名之圭臬。
我欲临风问古人,但恨古人已长别。
丛残深处伫多时,倩谁同听公孙树老唱鹧鸪。

2018.07.25

吾山吾水

戊戌大暑复登虞山门，时夏云如山，颇壮观

城上凝云白似雪，城下群楼立如楔。
众客登城无多言，临风一沐怀澄澈。
人云忧道不忧贫，人云持剑又持节。
城高无复问时人，城闲往往怪碧血。
偶然一恸何沧桑，城外两湖就中裂。
王鈇[①]早朽牧翁[②]亡，满湖水凉料已热！

注：①王鈇于此城抗倭。
②牧翁，钱谦益。

2018.07.30

夜探唐市

饮黑餐昏味亦甘，凭桥半月自如酣。
光微素壁苔能语，潮洗空阶石可参。
有梦灯窗明似璧，无心藤蔓胜于蓝。
不辞圣代为鸡犬，里巷时时逐鄙男。

2018.08.07

与红豆杯获奖诸子七夕雨后谒钱柳墓,复坐尚湖长堤观浪

浪拍诸天动夕阴,雌雄风气托微吟。
望中花月连云暗,梦里湖山带雨深。
濯足濯缨安可别,呼贤呼圣此宜斟。
劝君莫笑探凉语,红豆悲欢已不禁。

2018.08.20

八月初九夜偕瑞公及秦时明月、言淡淡两道友桃源涧野餐

欲卧苍山日未留,黄昏何物可吟秋。
愁来黄叶开新境,事去红花合旧游。
石上泉声长似语,树间灯影近于谋。
举杯无恙唯明月,狐鬼依稀一醉休。

2018.09.19

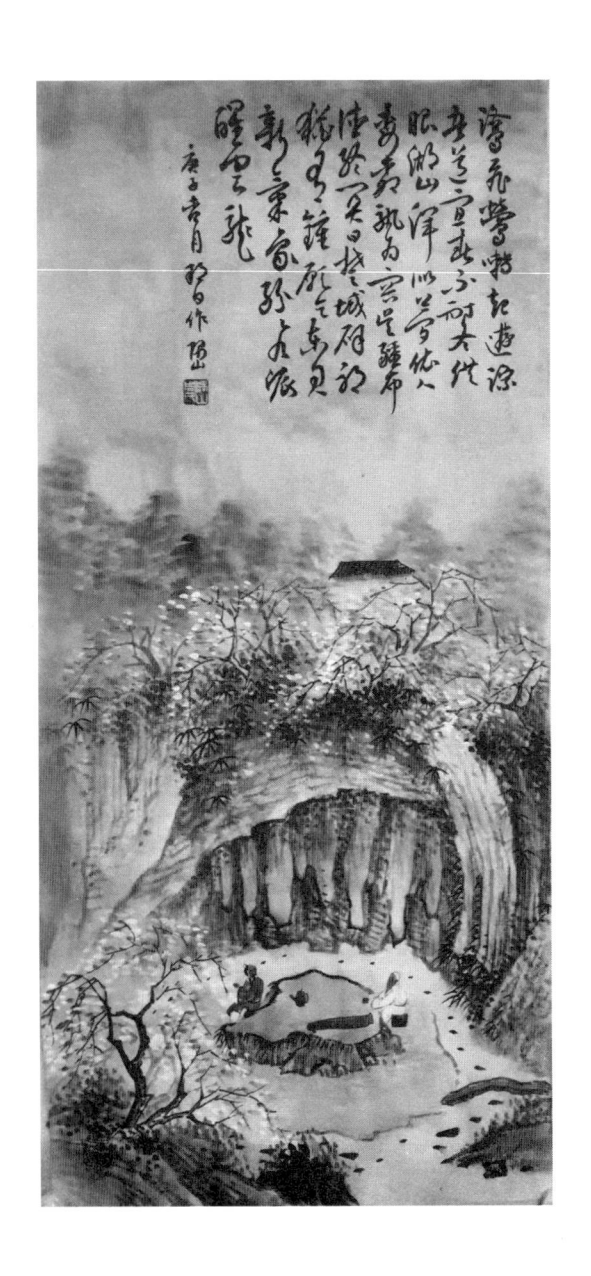

吾山吾水

台风暴雨后一日游泥仓溇

稻香花气绝纤埃,暂拥闲心倚露台!
昨夜海风吹雨急,鲦鱼游上画桥来。

2018.09.29

八月廿二日兴福寺

甘贫容我懒,百事只勤茶。
偕侣空潭畔,持怀无国家。
枫香弥寺远,桂馥染衣赊。
欲问前朝路,山深竹影斜。

2018.10.01

旧山楼[①]闲坐用赵公允怀《题曼华半亩园落成》韵,酬计然子兄

漫坐回廊傍桂花,闻香亭北日初斜。
过墙山色能医俗,满院林荫可佐茶。

吾山吾水

守拙藏真非昔地，避喧好读次侯家。
我今更作雕虫客，万卷书空恨自赊。

注：①旧山楼为赵宗建所筑藏书楼，现重建于虞山北麓报慈小学内。赵宗建，字次侯，一字次公，一作次山，号非昔居士。清末藏家，江苏常熟人。

2018.10.19

王建昌、沙荣淦、钱政诸先生会于荷香苑，议撰联事

湖光岚色两悠悠，正可凌波任去留！
极目吴宫芦荻远，倾情剑阁水云浮。
鱼龙汛短逢秋寂，鸥鹭盟长与客游。
满苑楼台佳胜处，桂香荷影满汀洲。

2018.10.21

戊戌九月十三日韵老宅院桂花盛放，有约未践，乃赋律以谢

得桂田园岁月迟，于今只认老松姿。
峥嵘世相颓墙阻，倔强生涯病骨支。

画向大千借鹏运,诗归东涧与鸿期。
恹恹正合维摩诘,金粟居中永寿时。

2018.10.24

戊戌九月十五饮诸友于勉庐新寓,时院中落桂如雨,异于往秋

桂影霜华月里明,呼童摇落满园清。
嫦娥舞袖分花气,吴质挥斤散雪声。
入酒方知成蜜露,和光顿觉是金琼。
命俦莫向西风折,恐惹芸窗涕泪生。

2018.10.24

九月十六日与阿保、姜丰、计然子诸兄虞山门玩月

吴疆危堞寄仙踪,犹忆金汤一夕[①]封。
抚壁古今同落寞,倚楼南北尽朦胧。
海浮红月悬丹桂,路接华城闹远蛩。

吾山吾水

又值群山风漫起,为言伯仲②等凡庸。

注:①一夕金汤指王鈇抗倭事。
②伯仲指泰伯仲雍。

2018.10.25

与诸乡兄会于南门坛上三层楼药膳房作

北去南来一醉休,十年长别惜同游。
韩公好客招新宅,翁相偷闲饮旧楼。
熬尽奇情成至味,煮来百草解千愁。
可怜曲巷深无底,时有鲜香夜不收。

2018.10.26

夜访言子井不克酬孙万章、李舟楫二兄

天阊空已启明时,剩此星灯照凤期。
欲叩终非雷在手,怅望唯见月沾眉。
文章好德谁堪用,弦曲关心自可师。
为问舟行江海远,何如深巷寄言迟?

2018.11.15

招汪公不至，与港城诸君微雨登锦峰茗饮

座底云烟接尚湖，微寒风气染新图。
枫红菊艳庸归岳，石赭山苍始爱虞。
寺阁高从林外倚，江城低可足边扶。
何需持剑留名姓，细剥香橙亦自娱。

2018.11.17

南苏院①雨夜

其一

雨湿幽窗灯火孤，琼门瑞兽影难图。
水明巷道迷穷达，雾暗藤墙忽有无。
暂借南苏三亩宅，来嘲北海一生愚。
擎杯试问余年志，惜取蓬瀛在酒壶！

其二

茶烟竹影雨中深，绕室依稀听鼓琴。

吾山吾水

流水满城溯焦尾,崇祠何处寄丹心?

风狂已负标新愿,身老空惭感旧吟。

问讯犹知言巷②近,一桥横卧接寒岑。

注:①南苏院傍琴川,琴川水源焦尾泉。琴川南有严天池祠,现已不存。吴梅村曾作琴河感旧四首,佳作!
②过言子桥前即虞山,左转即言子巷。

2018.11.19

贺江潮诗社肇创

海虞渊薮古今奇,江上潮生无尽时。

摩诘①吟风酬佛子,参军②染翰得新知。

七峰历历群芳集,一港悠悠百舸驰。

异代清华终可得,三钱③二陆④待重推。

注:①摩诘,指王维,有覆釜山诗。
②参军,指鲍照,曾任海虞令。
③三钱,指钱谦益、钱陆灿、钱曾。
④二陆,指陆机、陆云。

2018.11.20

雨中游三峰寺

历落空山细雨霏,第三峰上待僧归。
云迷殿阁疑闻履,香送亭廊欲染衣。
一味清凉新世界,万缘岑寂古禅机。
为言鸾鹤留形日,只向溟濛高处飞。

2018.11.22

题石屋涧

天成地就一林庐,观雨听风两晏如。
渴饮云泉为旧酿,饥餐兰蕙当时蔬。
山深有道思招隐,世浊无明欲遂初。
偶值游人需寄语,勿言此处乃秦余。

2018.12.28

吾山吾水

河东君四百岁冥诞感赋

戊戌冬月,适值河东君四百岁冥诞,计然子兄以红豆一颗、黄梅一枝往祭柳墓,并赋七律,余勉力和之,旌其风雅同调也

枯柳荒茔冷不群,寒山驻足辨残文。
茫然故国归红豆,已矣前朝化绛云。
一度芳华长妒客,几番萧索总怜君。
从来歌哭无凭据,若近西湖或可闻。

2018.12.31

2019 诗咏常熟

吾山吾水

元日将至奉呈姜戈平先生

桃源涧下桃源弄,市井桃源同鹤梦。
桃源居士栖其间,朝朝不用醒酒瓮。
观易过,画玄珠,舞剑鸣,歌楚凤。
不恨桃花无一片,唯怜流水城边送。

2019.01.17

戊戌岁阑为杨园小学作

过雨田园日日新,轻车路转远嚣尘。
云边黉宇书声隐,梦里歌台童影亲。
学始一言羡师道,德能三省愧吾身。
何时借得韩公笔,益圣祛愚守本真。

2019.01.18

戊戌腊月十九日东坡生日, 诸同好会于栗桂园, 因步赵非昔韵

仙佛灵胎忆昔年,只今唯有老梅妍。

吾山吾水

吟风已失西园会,携酒谁怀赤壁筵!
栗桂于人齐富贵,鱼虾在我最新鲜。
醉中犹梦南飞鹤,戛戛声传一味禅。

2019.01.24

岁末朱宏兄招游浒浦眺狼山

一江吞吐夕阳鲜,百舸犁红蟛蜮前。
杭苇元知僧已化,狎鸥方觉子难全。
排堤柳欲迎新绿,归海潮犹送旧年。
隔岸遥遥青黛里,更何人倚五云边!

2019.01.31

题小飞飞羊庄

帘肆深藏足避尘,汤羊雾起似浓春。
虽屠①犹恐昭王客,未攘原非沈尹亲②。
炭火调盐诚鼎味,铜炉煮脍本天真③。
算来唯羡台郎命④,入肚何妨穷达身。

注:①屠指昭王客指屠羊说。

②沈尹亲，指叶公言吾党有直躬者，父攘羊，子证之事。
③天真，指保持事物的本来。
④台郎命，指有僧云李德裕食万羊事。

2019.01.31

题浒浦文化中心公园

江城风日老尤亲，隔岁重来事事新。
巨树争描画楼影，疏梅淡放绮园春。
谁家儿女追金犬，斯处朋俦夸石麟。
满路欢声收拾罢，鸣禽始向一枝邻。

2019.02.01

满江红·戊戌腊月偕友登剑门

天与危崖，曾迎送、几多豪客。
谈笑处、海隅云气，漫消王迹。
吞越吞吴长已矣，烹狐烹狗终无觅。
任陶朱、赚尽此风流，夸奇逸。

吾山吾水

倚松久,连旦夕。

穿罅晚,看丹碧。

算为猿为鹤,古今齐力。

玉鉴开时心已老,琼楼立罢人非昔。

更何年,裁剪旧江山,争瑶席①。

注:①明钱籍有虞山剑阁联:无边风月供嘲弄,有限江山任剪裁。并因之入狱。争瑶席指相处融洽无间。

2019.02.01

徐君向东,余总角交也。因慕徽歙山水,潜形皖南二十年。今归乡,乃招饮于勉庐,慨然有赋也

为友为邻三十年,飘然去作卧云仙。

黄山梦笔因天驻,徽港①清樽对月传。

每与瞿翁②同砚影,更期尊者③共松禅。

今来携得初春色,宁置吾庐梅柳边!

注:①徽港,新安江安徽段。
②瞿翁指瞿山梅清。
③尊者指瞎尊者石涛。

2019.02.04

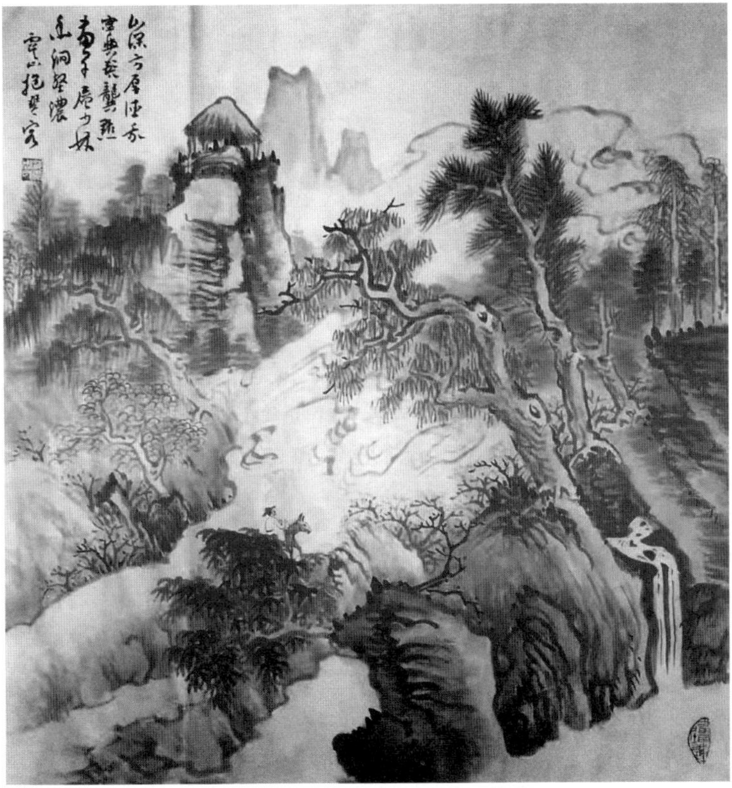

吾山吾水

题荆妻春节后一日宝岩问梅

披云分树一山开，万朵梅芬净碧埃。
泥软元知青草动，影摇不觉彩禽来。
岩间泉润惊蟾蛰，池上阳和醒柳胎。
满目茜裙折枝女，何人更是埽眉才。

2019.02.06

己亥新正后一日王林师招饮有赋

千杯不敌一春愁，任是愁来亦自由。
寸管岂堪重献赋，百城犹可暂封侯。
论交世外追奇节，偶遇尘寰拒大流。
莫揽东风问穷显，虞山草树尽同俦。

2019.02.06

己亥新正四日夜雪渐化
携侣于虞山公园作

灯芒刺夜俗为新，万感终归一笑亲。
倚树花飞犹是雪，临波鱼陟欲成春。

孤高莫学孙登啸，岑寂应同老子仁。
行到幽幽家国远，等闲化作早梅身。

2019.02.08

酬吴苇先生

坛坫相交感逸伦，欲凭希古入陶钧。
元知冀北空群马，便向江南认一麟。
钱柳传薪遗客恨，湖山流泽赖君亲。
三年不觉东风绿，染到吟笺日日新。

2019.02.013

己亥上元阴雨无月过虞山公园作

一春又报上元时，依旧华灯炫彩池。
曾有佳人攀柳恨，惜无清影倚梅痴。
连天雨洗江山净，到海云迷雉堞奇。
但得阴晴长自适，太平风物亦能私。

2019.02.19

吾山吾水

己亥初春再题联珠洞

住有兰房饮有泉,簪花岁月不需钱。
逃秦地僻生樨木,避俗林空响杜鹃。
坐拥真堪虚短晷,闲行自可足长年。
当时携得二三子,唯觉希夷①是老仙。

注:①希夷,陈抟号。

2019.02.20

偕见君、陶蔚诸子游浒浦河东老街

通江水碧欲留踪,影照樟阴列岸重。
中有新莺闹吴市,旁多旧巷绝尧封。
沾衣梅粉清于月,入耳乡音醉似醲。
未必箪瓢穷世路,最难消受是春慵。

2019.02.26

临江仙·己亥元月久雨初晴
偕诸子游浒浦长江

雨霁堤痕开一线,晴阳漫狎轻鸥

白云犹向碧天浮。

雾遥堪极目,风暖合同游。

暇日重来人意好,更加诗酒销愁。
欲凭江海弄扁舟。
茫茫应有岸,杳杳复何求!

2019.02.26

以食羊诗书换得小飞飞
羊庄饕餮良宴后再赋

台郎心事我非能,食万何妨为出丞。
莫使尼丘称爱礼①,敢教微子拒牵绳②。
杨朱③歧路终亡道,臧穀非心岂是朋。
煮沸一锅江海碧,味鲜犹似葛由④升。

注:①爱礼,孔子饩羊故事。
②牵绳:微子牵羊降周事。
③杨朱:歧路亡羊故事。臧、穀二人牧羊,俱亡羊。一以读书,一以搏戏。
④葛由:葛由骑木羊飞升成仙事。

2019.02.27

吾山吾水

步计然子兄题
惜茶女史旧山楼事茶韵

其一

旧山非昔尚休休，春到何期与客谋！
数树梅香沾袖处，坐甘茶味胜公侯。

其二

世事炉烟两未休，佳人到处草花谋。
先教梅作探春客，再遣茶为不夜侯。

其三

东风满地雪霜休，瑶圃仙踪谁与谋！
但恨韶光易为老，一杯聊狎晚甘侯。

其四

茶仙酒圣战难休，醒醉从来只自谋。
七碗飞升原是梦，一壶长破醴泉侯。

2019.03.01

吾山吾水

春暮题古里东湖书院

仁风一脉接昆湖,水映楼台动画图。
问道舟来通四海,登名人去耀三都。
波涵虞岭群英染,学共瞿门万象殊。
漫说东君无气量,风华终觉在新吴。

2019.04.25

步魏新河兄上巳集红豆园看牡丹韵

江畔林园饮禊时,踏青人绕谢家池。
境开不让仇英画[①],气淑犹宜杜甫诗[②]。
隔岸黄莺长自语,凌云红豆竞相思。
太真含笑乘风下,化作天香百万枝。

注:①仇英画,指《兰亭雅集图》。
②杜甫诗,指《丽人行》。

2019.05.02

己亥春暮偕友至三峰寺，赏花楸树，云寿已二百二十载矣

三月春残花未残，万般红紫压雕栏。
据高为有禅关护，顺寿应无俗虑蟠。
山下槐榆何足道，溪边桃杏不经看。
举头恍觉霞光里，殿阁辉煌舞彩鸾。

2019.05.03

题友人登吴王点将台影像三首

其一

木末风高雁鹤惊，吴王遗剑向空迎。
元知国灭心难死，依旧魂招十万兵。

其二

点将功完享太平，红颜百宠惹金声。
可怜勾践亡吴日，一棹西施最薄情。

其三

弦翻云水甲兵消,细数兴亡问碧霄。
如此江山原不忝,凭谁指点到今朝!

2019.05.09

清和月王恒镠兄邀徐克明先生与余三峰寺茗会二首

其一

层阁孤峰俯化城,千年色相向阳生。
望中鸿影高还下,坐畔莺啼送复迎。
带露熏风知解愠,含烟古木尽争荣。
茗杯饮得闲滋味,洗净愁肠一芥轻。

其二(登藏经阁)

第三峰上独登楼,广宇风来薄暑收。
梵颂浮沉香殿外,僧衣飘忽古檐头。
一声啸共千林动,万象青连众壑幽。

汉月^①遗踪何处觅,凭栏看取大江流。

注:①汉月指扩建三峰寺的汉月大师。

2019.05.14

清和月廿四日,与许文波、慧文、计然子诸兄往祭黄大痴墓。适痴翁既诞七百五十岁矣,三拜而叹

其一

雨歇方知夏渐深,依然红紫照幽林。
且携杯酒随翁醉^①,犹听巢鹃隔代吟。
投瓮心情谁可识?居山道业老堪任。
魂归应在烟霞里,画出春江百里岑。

注:①大痴舟游湖桥,饮后辄投瓮其下。舟人刺篙得之,曰黄大痴酒瓶。三十年前,河道疏浚,尚有车载而出者。

其二

日淡孤丘损客颜,连林紫气叹缘悭。
一峰青处已沉水,片石赭时犹染山^①。

吾山吾水

异代擎杯倾涕泪,当空祈语学痴顽。

百年误尽人天德,惆怅车箱铁笛闲[2]。

注:①黄公望,号一峰道人,所居小山,现已采石成深潭矣。喜用虞山小石洞之赭石,研粉作染料,创浅绛山水之格。

②据钱牧斋跋王石谷画云:痴翁年八十余至华山车箱谷,坐憩,吹仙人(杨铁崖)所遗铁笛,足下云瀚起,遂失其踪。

2019.05.28

孟夏初五旧山楼诗社诸学童红豆节吟花活动

百龄老树护孙枝,叶浓花淡落迟迟。
玲珑境界谁能赏,几句童言绿到诗。

2019.06.10

己亥榴月,惜茶女史于珠海路隆盈广场设蓝渶阁,景运新开,昌期自启,招茗坐感赋

华楼绣阁半宵明,坐感风泉满室清。
煮得闽山云叶味,迎来珠海浦鸥盟。

疑曾画后武林①好,犹觉栖时苕霅②荣。
正是江南解忧日,同车一路说隆盈。

注:①武林为明代武林画派创始人蓝瑛安居地,为蓝溪之谐音。
　　②苕霅,指陆羽隐居写茶经处。

2019.06.16

鹧鸪天·己亥梅雨采莲女史
招雅集群诸君破山寺听雨

听雨听风留客天,桂阴槐梦惹清眠。
潭中来去鱼无碍,槛外低昂鹭可怜。
檐溜响,石台烟。何妨挹露品流泉!
招呼满岭苍茫色,化作明杯一滴禅。

2019.06.27

思佳客·杜琳瑛学姐来虞,
　　夜茗于观泉堂,相谈甚欢。
时利生、文波、文明诸兄在焉

霖雨新晴夜气鲜,白云消息问林泉。
池边古籁虚三界,堂上明辉散七弦。

无远近，有因缘。礼穷方觉是天然。

避人禽鸟枝头宿，换尽尘寰自在眠。

2019.06.28

题黄摩西故居旧址①

花泪何堪劫罅风，微阳差可破霜浓。

元知陋巷曾归鹤，犹觉深庭尚卧龙。

箫剑重开应有道，江山孤往奈无踪。

痴狂不与青藤老，惆怅尧封复禹封。

注：①黄人故居位于浒浦问村，原为一开间五进，现其曾孙黄钧达先生已移居他处，故居宅地已转让季姓人家。闻有司将重建黄人纪念馆，尚未知其地何处！

2019.07.22

己亥流火之月，偕锦瑟、黄嘉、曹隐、邵玉元诸兄，会于徐雪城先生之梅李乡居，设聚沙吟社，由是感赋并呈徐公一粲

梅李香收硕果成，柳风堂上起高情。

微吟已得吴醪助，漫坐犹将越茗倾。

满壁青山长竞秀,环区佳木尚争荣。
乘时不觉韶华老,翰墨林中待一鸣。

2019.08.20

己亥秋暮携妻与兼葭、淳淳、子颐游昆承湖①

斜日初沉虞岭遐,环湖灯火映流霞。
风生老柳招新鹭,雾散长桥举短葭。
说隐昔曾变朝市,欲浮今已静龙蛇。
状元堤畔林声起,处处顽童蹴浪花。

注：①昆承湖又名隐湖,亦太公垂钓之所。与尚湖大水时相连。

2019.08.22

己亥葭月偕文波、计然子、扇子诸兄泥仓溇分韵得尊字

酣坐乡关足自尊,濒湖风送万波痕。
已怜芦雪摇山影,更觉泥香引客魂。
金缕桥头犹系日,碧烟槎上欲浮村。

吾山吾水

红霞散作群花色,染罢苍颜染菜根。

2019.12.17

大义生态园偶拾

霜圃藏珍黛岭西,连林开处野人栖。
门闲甫觉芦花晚,路断因知蔓草迷。
偶有邻翁翻酒话,常无远客爱鸡啼。
正逢柿果悬红日,隔水村居卧麦畦。

2019.12.24

谢桥双忠祠千年银杏,本二株,今存其一,因题

千年长捧日,今已影难双。
枯杪犹堪画,遒干未肯降。
霜凋金灿灿,风动扇抓抓。
时仁神游者,喟然叹旧邦。

2019.12.17

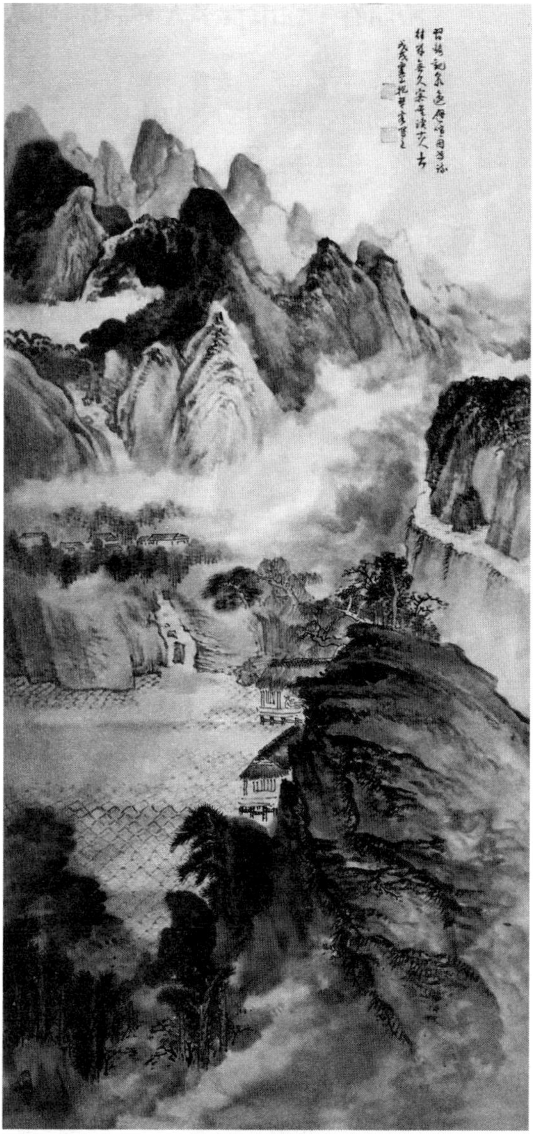

沁园春·徐市食羊大宴后作

村麦霜消,野路尘分,故市暮回。
正满街膻慕,华灯璨璨,万人喧聚,香雾霏霏。
盛景何曾,劳生幸得,且向良宵浮百杯。
犹须道,尽江南江北,此兴崔巍。

厨夫食客相推,更长席、殷勤脍炙堆。
问显如伊尹,藏如膳祖,鼎调千载,岂止盐梅。
肥瘦由天,死生随命,比拟谁能逃土灰。
休崇礼,笑饩羊无地,醉倒新醅。

2019.12.30

2020 诗咏常熟

吾山吾水

放鶴孤山狎鷗東海
調弦泗水鼓瑟南湘

满庭芳·周园女史招饮
满庭香山店，约赋满庭芳以遣兴

山木凋伤，严寒风气，但随栖鸟同情。
　　数株槐栗，龙影压低鸣。
犹有碧云仙子①，林深处、唤取诗盟。
　　连城杳，送迎多少，几个可偕行？

营营，茶酒过，高谈坠叶，闲话孤灯。
　　又对指成欢，大笑春程。
休说生涯渐老，尘事淡，还梦峥嵘。
　　酣然起、韶华宛在，霏雨弄阴晴。

注：①周园女史住碧云山庄，故称碧云仙子。

2020.01.18

己亥腊月廿七姜丰兄离常前一日
偕余游杜桥村美居甚欢有咏

旧壁枯篱护静安，杂花鲜果足清欢。
负暄堂上仍巢燕，浥露田头合种兰。
一带池平诸影净，数家烟起曲堤盘。

吾山吾水

何妨随日同明灭，心系乡亲别样宽。

2020.01.21

何村前年已拆，现为龙腾钢厂生态园，有司嘱撰联，咏而识之

永别江村又一年，涌金桥上感时迁。
琼楼正起干云势，瑶圃初开润雨天。
植树精神唯耐守，腾龙事业在争先。
而今识得哮塘岸，种罢书田种福田。

2020.01.22

庚子正月八日尚湖晚照

避喧避疫互成全，苇影湖风带暮烟。
堤上新翻垂柳画，天边怒涌夕阳篇。
三千里外怜生死，五十春来昧后先。
携侣寻梅常不达，前山黯处几枝妍？

2020.02.02

禁足后杏月下浣初茗饮绿轩

驻足台轩社栎知,尘心犹挂绿云枝。
藏山翠羽鸣春晚,浮水红鳞唼日迟。
静处难逢元佑客,余生终许永和时。
茶烟散尽休归去,唤取斜阳染鬓丝。

2020.02.23

步李义山《二月二日》韵

千年此日一般行,满地风吹似听笙。
兴福泉深龙有雨,维摩梅盛客多情。
言归漫认濂溪路,欲驾谁知细柳营?
且伫春山无可约,开怀放入早莺声。

2020.02.24

杏月三日游兴福乌龙涧遇雨

好向青山万竹深,随春缘涧听龙吟。
旋知鸟语因邀友,更觉亭高自作霖。
康乐以还多古道,华严之畔尽雷音。
望中时见新城出,千载常怀言子琴!

2020.02.26

庚子杏月十七日燕园①

避疫迎春待燕归,满园芳信孰能违。
沾泥香径兰泣露,护石雕栏柳染衣。
异代功名因渡海,一隅妈祖佑乘肥。
匆匆易换迟来客,携侣观鱼暂息机。

注:①燕园为台湾首任知府蒋元枢所建,因渡海遇险归,中设妈祖神位。后几经易手,为张鸿所得。

2020.03.11

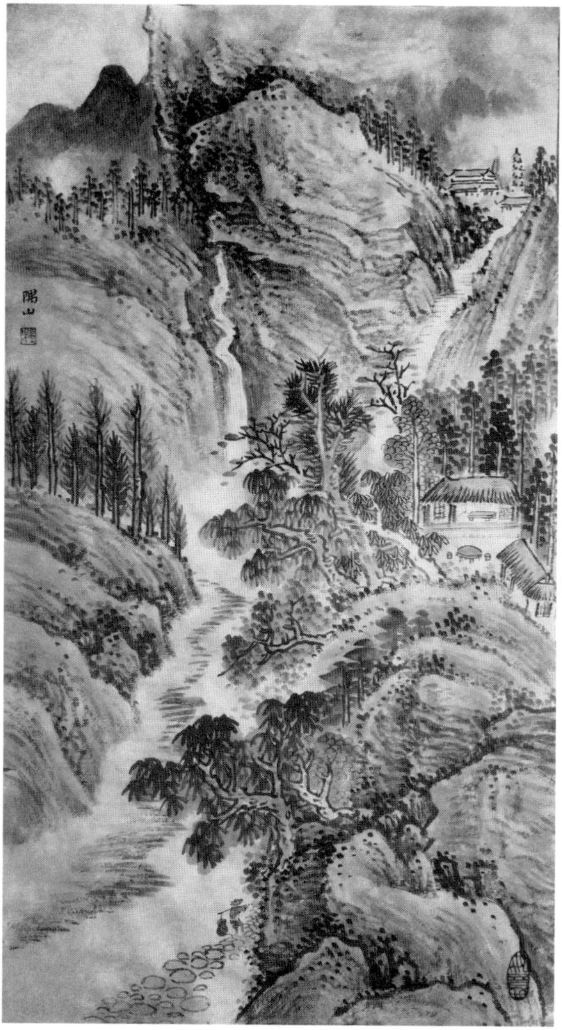
陽山

疫后南苏院初探

信约春宵雨色微，花香竹露两沾衣。
忽惊鸟翅扑杉杪，便见猫身过月扉。
楼火高擎犹可辨，韶光深锁已多违。
主人悄语童心客，慎勿喧呼绿渐肥。

2020.03.13

庚子杏月廿一日
由公园至虞山门作

闻道维摩遍落梅，好山无日不迟来。
雪中知己曾留影，林下佳人已占苔。
何处石言能止怨？可怜花笑似禳灾。
崇墉界绝连峰色，羡煞春鸿戏九垓。

2020.03.15

杏月廿三日尚湖

数日昏昏化蠹鱼，寻真境界在无书。

幸余湖静生鸥梦,安得山明入我庐。
茗味曾和花气好,钓丝今与柳烟虚。
尘根舍却知谁识!小艇横开碧宇初。

2020.03.16

杏月廿三日咏
南苏院落花兼赠院主

检束春心看落花,玉兰如雪映山茶。
夜来踪迹随芳草,老去亭台远翠华。
奇树多于三亩宅,古藤常作四龙家。
招呼淘子①和童戏,踏碎琼瑶莫漫夸。

注:①淘子,南苏院所养之猫。

2020.03.17

杏月廿五日携妻及淳淳、
子颐游宝岩

星潭凤竹宝岩安,鱼影浮沉镜面宽。
列岸丝柔知日暖,倚廊枝翠觉云漫。

吾山吾水

青莺语共黄莺语,紫玉兰兼白玉兰。
欲假相逢暂相识,林间唤取水风餐。

2020.03.19

杏月维摩山庄寻梅

此生长是恨迟来,闲却山中荣谢梅。
已觉放翁身化梦,焉求和靖鹤为孩。
绕林禽语花能解,漫石泉心草可猜。
正值维摩逃疫疠,繁华透处未门开。

2020.03.20

澡兰香·护城河观樱

锦心绣雨,彩影华街,恰是西山渐邈。
鱼吹幻浪,柳拂明桥,绮梦临流谁托?
待东君、翻泼霓虹,妆成家家丽廊。
瑶林近、金乌敛羽,空余哀乐。

报道飞琼暗许，舞足春风，万枝红萼，
吟边燕影，画里莺声，想见蕊宫佳境。
漫重提，往事霞怀，曾与桃花互约。
但举首、一点星寒，随人栖泊。

2020.03.20

溪南村题壁

庚子杏月下浣，游碧溪溪南村千村美居，正值桃夭杏艳，竹茂菜香，归而感赋。有司葛君属题壁乃尔

路近江堤金玉堆，碧溪南畔客先来。
墙阴懒懒杨枝舞，篱落喧喧桃蕊开。
百里清流传海国，千年芳讯集楼台。
轻车转出无穷景，巷陌何曾有弃材！

2020.03.22

临江仙·暮春之初携妻及淳淳、子颐游沙家浜

草碧芦青风日绮，扁舟来泛沧浪。

澄波寒尽映群芳。

晚樱初染岸,野杏已摇庄。

柔橹轻篙随处到,盟鸥还向何方?

几番陈迹付苍茫。

过桥茶馆近,傍柳戏台长。

2020.03.26

庚子桃月四日携朱俊弟游徐市千村美居之钱家巷

名乡奋足与周游,过雨风清气似秋。
近覆芸薹金寸土,遥排杨柳碧重楼。
智林寺内僧儒愿,李墓塘中鱼鸟谋。
正是钱王遗爱处,澄波几度送行舟。

2020.03.27

暮春雨中游归家市①

风雨深潜曲巷长,市朝故事镌莓墙。
白茆浦上帆樯杳,石谷桥头草树芳。

货列千家仍宋迹，音传一脉是吴乡。
冲寒犹欲寻春去，隔水芸薹特地黄。

注：①归家市，乃状元归允肃家祖上自宋代时迁至白茆浦而成，也是画圣王石谷祖居地，有石谷祠及王石谷桥遗址。

2020.03.29

智林卜隐

奉随王林师省察智林村旧厂房，有司欲改建艺术村云云。陶醉、王文波、徐梦恬三兄在焉

依寺楼空旧燕飞，前缘故业两依稀。
四围芳野犹遗躅，卅载劳形已息机。
虚寂元知天意近，笑谈终觉客心归。
徒闻子久富春上，筑隐诛茅汗渍衣。

2020.03.29

咏杨园姚家牡丹[①]

村隅深院护真容，邻叟遥招巷陌通。
昔别桐城摇嫩叶，今来虞邑展芳丛。

吾山吾水

韶光四百犹难老，往事千端孰与同？

天地精神元自得，寻根岂必洛阳宫。

注：①辛庄镇双浜村的姚家为北宋名将姚仲平的后裔，明嘉靖戊午年自桐城迁居于此，牡丹也随迁移植此地。

2020.04.02

寒食转晴虞山公园池上携子颐划船作

省却鱼游四海心，沿洄一棹弄春阴。
池中荇藻经泉满，岸上松杉过雨深。
泡影何妨栖勺浪，蜉蝣终得老蹄涔。
诚知百载多忧乐，不向童颜费啸吟。

2020.04.03

桃月十三日偕瑞公、志丰兄及港城诸君游三峰至龙殿得十绝一词

步道（木制，似栈道而无险，行其间佳景辄来）

万绿春山花未阑，生涯焉得百年看。
逍遥不管归行处，一路龙蛇护赤栏。

龙殿银杏（禅院整修深闭，乃转至墙侧见巨影蔽天，益奇焉！他时未见之也）

重关龙去锁禅庭，八百年光染翠屏。
幽涧古桥应尚在，曾飘秋影伫娉婷。

瑞石（于坠石涧，瑞公戏谓自家石也，乃偕余与之合影）

其一

模山范水隐云根，石谷图成子久魂。
或是天公遗块垒，题名端与瑞公论。

其二

开辟荆榛物有奇，风霜细刻皴痕宜。
层层驼荡①春风里，结构江山属大痴。

注：①《芥子园画谱》有云：子久，多画虞山石，层层驼荡。

吾山吾水

野径流泉（坠石涧畔多野径，或疑之。幸来客指向，顺势而下，泉石俱佳。埋骨或已不可，但目追心寓耳）

有人行处有泉通，指点应非失路翁。
埋骨埋心终是客，何如生死草莱中。

龙潭（顺坠石涧下，即龙潭。乃国初开矿而成，深达百余米）

其一

谁展平波染似蓝？明泉挂壁下空潭。
西山万古犹怜影，更借东风卧翠岚。

其二

嵌碧镶金几载留，东君插上美人头。
于今满路寻芳者，若个因知解佩游！

吾山吾水

清源茶室（龙潭北，倚山面城，山家自营之处）

坐对青山丽日迟，负暄正合与君知。
关心更有归家酒①，饮到酣时是醒时。

注：①归家酒乃归家市之米酒。

琴河春浓（客俱至名人工作室，余因事未与。因忆其畔有庆丰桥，余常立而摄影）

一川流出一城风，画影芳姿夹岸工。
伫觉桥头江海达，凭潮心事寄艨艟。

南苏院（山游毕，至南苏院稍息，见林木葱茂，旧物如诉。言文书院界石嵌于墙角，犹可深怀者）

同来同坐即朋俦，小院藏春足细留。
物各能宣因古老，弦歌消息问言游。

卜算子·与风之子、柳五、秦时明月、言淡淡诸道兄分韵"春山多胜事"得"事"

久住南山边,自爱南山事。
看取花残景未穷,十里开烟寺。

百虑孰能消,万古何曾已。
纵得斜阳似觉心,照不透林间水。

2020.04.06

十七日夜南苏院小聚

灯明霄暗几人知,万木森然各有思。
酒力宜从幽径发,茶心长向小炉滋。
振翰林雀穿花早,甩尾塘鱼玩月迟。
自忖留春应不践,绿萝缠上海棠枝。

2020.04.10

鹧鸪天·十七日三峰杜鹃花种植园

一角山青满苑春,闲来万事付鹃魂。
啼空风雨飘红焰,送彻烟霞掩碧痕。

摇石径,染松轩。倚栏随处结芳根。
漫将佳气归佳茗,坐断江南几晓昏?

2020.04.10

三月十八日仁初兄招饮,宴于湖桥①饭店有怀

鲜蔬嫩菽出湖田,麻鲤肥肠足酒筵。
遗迹大痴投瓮后,新诗小子举杯前。
楼擎塔影疑栖凤,市蔓藤花尚隐贤。
醉耳乡音谁记得?沧桑已觉老神仙。

注:①湖桥,古十八景串月处,传黄公望泛舟饮酒投瓮处。

2020.04.11

2020 诗咏常熟

吾山吾水

三月十八日携子颐游破龙涧

日日登山不厌山,连峰开处未知还。
苏髯境界惟因悟,谢屐风流尽在闲。
细剥苍苔流水上,稍移疏竹白云间。
堆盘造景呼童识,更插棠花以破颜。

2020.04.12

溪南村葛书记嘱题三里亭

三里浜前三里亭,周围草树尽娉婷。
野花含笑开诗境,岸柳多姿展画屏。
临水鱼虾翔浅底,隔河鸡犬闹闲庭。
当风饶有行舟愿,莫学渔夫问醉醒!

2020.04.16

暮春廿四日陈健兄招饮于其酒家碧溪江南印象之山间塘后作

穿街碧水绕江南,漫道韶光是旧谙。

十里楼台参宝树，百年人物现优昙。
花经荣谢无穷达，杯蕴圣贤同苦甘。
醉后不知春欲尽，唯余风月渐难堪。

2020.04.16

紫藤园有怀

紫藤园，在尚湖北岸太平桥堍，未知何人所为。挖泥为池，垒土为山，建回廊，植紫藤千株，暮春红紫白相间而发，蔚为一时之丽。暮春廿七日游记

藤花似瀑泻湖滨，一角林园积晚春。
相逐童心随径转，低垂纶影与山亲。
穿桥尽是行舟贾，隔壁原多抱瓮邻。
借问城中游衍客，轻车胜侣几烝民？

2020.04.19

春末李园主人招饮重游浒浦李园作

十年方觉梦痕新，谁与摩西卜比邻？
河上舟餐剩鱼浪，江边风信失鸿宾。

吾山吾水

果蔬留客春将远，草木宜人野亦亲。
为有村醪酬我醉，聊凭宴语浣前尘。

2020.04.21

南苏院题照

石貌花容触手真，移来四季长精神。
应祈杜甫为过客，始觉陶潜是比邻。
野茗香时春欲老，林禽鸣处景犹新。
门前尘瘴应难尽，一刹清安孰与论！

2020.04.22

春末咏舜过泉

衣葛南巡一梦然，东风故事问从前。
耕山犹得娥英伴，渔泽终因士庶传。
万古明泉流暖日，何年露井起寒烟？
松槐满地莺声老，但向源深诵尚贤[①]。

注：①尚贤指记录舜事迹的《墨子·尚贤》篇。

2020.04.24

孟夏三日老宅

篱前屋后植千株，爱此消忧凝碧图。
到耳薰风似吹瓷，迎眸夏果若悬珠。
田间小径埋初没，河上轻舟到得无？
剩有蔷薇红最晚，等闲开落在墙隅。

2020.04.25

王康兄招饮水云涧

临流置榭倚山青，树杪犹浮一二亭。
耳感寺钟随佛饱，席添杯酒欲人醒。
依空知己何曾有？向日明禅昔已经。
俱是劳劳尘泛客，相逢语笑到忘形。

2020.04.30

与诸友茗于棠吟文创①

偕坐琼台袅茗烟，蹴枝群鸟哗檐边。
林深不觉层城近，花落犹知百卉鲜。

吾山吾水

画阁袍纹生旧梦，交疏竹影悟前缘。
正逢微雨穿槐叶，打湿黄初解佩篇。

注：①棠吟文创，乃定制旗袍之所也！

2020.05.01

己亥初夏偕文波、若水、扇子诸君登西山寻网红石不值偶见宝岩诸奇石尤胜前者

循山百转始称奇，绝顶清风拂面宜。
石破黄龙喷云出，林翻绿浪向城垂。
夷齐已往天同日，孔跖重来世异时。
探幽慎作无终语，恐惹荒丘雉兔悲。

2020.05.02

立夏后一日，王康兄邀赵平先生、震师游，并招余侍茗于赵园茶室

桃杏生时月季红，解人香气趁薰风。
偕来深庑山仍北，共把明杯水又东。

百劫何堪酬壮志，三传已觉老文翁。
白头愁见江南好，天放楼虚旧燕空。

2020.05.05

陆家市怀古

陆家市，传为陆逊后人所居，乃串联陆氏先贤四典，以尊其意。多有制糕点、酿米酒处

小市珍罗紫玉糕，何当饱食醉村醪！
坐闻渔唱回诸水，行觉鹤鸣传九皋。
怀橘人来情恻恻，化梅身去梦滔滔。
楝花难挽东风住，倚巷纷纷落素袍。

2020.05.05

立夏日河东街某宅偶见

蕊是金银香是情，车尘绝处倚墙生。
蓬蓬一树开光焰，燃尽春光不作声。

2020.05.05

四月十九日归乡

其一

金银花发玉丸黄,小院新开瓦砾荒。
去岁葫芦重结子,一藤斜挂老松桩。

其二

琅玕半亩荫虚堂,百乐何如挖笋忙。
披草不知衣袖绿,挥锄始觉土膏黄。

2020.05.12

庚子孟夏题董浜
江南枸杞王

千年悲喜一消磨,卅载平安赖鲁戈。
此日霜根春不住,龙眠无复想婆娑!

2020.05.13

题永新兄《名园四运图》

名园暂驻不羁心，赏尽荣枯始有吟。
柳外莺飞声远近，荷间鱼唼影浮沉。
一时山色供青眼，满院文华蕴素襟。
记取当年圆月夜，弄箫人立伴瑶琴。

2020.05.20

王宇兄嘱题联泾[①]村

山泾河西练泾南，千家粉壁漾清潭。
迎阳事业随花盛，得月生涯近水甘。
地有贤良居自定，境归谐美梦方酣。
茆歌百转春秋里，一种风流尽出蓝。

注：①泾，仄读。

2020.05.23

吾山吾水

祈泰九州看振鹭
偷閒半晌羨垂綸
雲山抱琴客

闰槐月二日作协诸同仁言子故宅茗会

行深履曲访言游，满座清风宝翰楼。
问孝方知异犬马，用刀终得共鸡牛。
弦承洙泗三千载，文起东南第一流。
看取世恩堂外竹，犹分墨井古今愁。

2020.05.25

庚子黄梅偕姜丰兄茗饮于乌龙涧畔作

翠微深处插新篱，正是闲禽唤友时。
解愠薰风翻栗影，添凉荫翳漫槐枝。
六朝虎啸空花寂，一涧龙旋细雨迟。
磨蚁生涯如可住，岂须重赋白云诗。

2020.06.10

吾山吾水

铜官山观拓

王公路明拓摩崖于铜官山[①],招余登览。数纸既成,兴犹未阑,遂饮于岭下之高老庄。夜归,鸣蛙四起矣!

千六百年凭后庚,江潮磨洗晋唐城。
空劳肉食谋天尽,犹见松枝捧日明。
化石船行溪水浅,堆峰螺寄野田荣。
孟姜已去汪公寂,闲着蛙传物外声。

注:①福山镇铜官山下,东晋咸康年间(341)设南沙县治,梁大同年间因"土壤膏沃,岁无水旱",易名常熟县。唐武德七年(624),始移至今虞山镇。一千六百年间,遗址毁尽,连绵七峰仅遗三峰,幸铜官山尚在,上有石船相传为孟姜女渡江之用。其壁洞庭汪公有诗,严道时(澍)书刊,曰:"闻道岩阿有石船,登临始信不虚传。帆凭老树风前挂,缆藉闲藤雨后牵。亘古未经江口浪,至今犹宿岭头烟。缘何不泛桃花渡,停泊山豀几百年。"

2020.06.12

破龙涧茗中

涧泉过雨似龙吟,云是山中万古琴。
或有高人谁可识!漫持幽意自难禁。
登临恐与岚烟化,坐憩犹随鸟雀愔。
欲问西岩长啸侣,东南海气满空林。

2020.06.29

沁园春·南门宋小酒馆与诸友坐对范中立《溪山行旅图》小饮分韵得行字

孤嶂飞云,绝壁悬泉,商旅晓行。
正茂林过雨,苔痕自碧;空山凝露
　　鹤唳犹清。
古道同心,生涯对酒,漫说千年俱有情。
繁华歇,看灯窗影动,肝胆谁倾?

西园①画里曾经,问甚处、风流传姓名?
恨砚边扶日,唯余倦散;毫端弄月,
　　只为销凝。
远害由天,高眠在我,醉卧危楼第几层。
长街寂,想当时一梦,尽在清明①。

注:①西园,指宋英宗驸马组织的西园雅集。
　　②清明,指张择端的《清明上河图》。

2020.07.05

临江仙·梅雨初歇破龙涧茗事

霖转未黄梅子色,满城蝉唱依然。
与谁相约抱云眠?
问花翻似梦,看树欲成仙。

鱼浪岩波留不住,一山溪响无边。
浮岚开处起茶烟。
薰风吹薄袖,清露滴空弦。

2020.07.08

临江仙·庚子五月十九日空心潭疫后首茗

微雨不经尘外路,窈然空挂林端。
翠岚深处有龙蟠。
流泉轻起咒,闲鸟自成欢。

漫说百年清净理,一潭消受新澜。
坐论风月始知难。
故人相对老,往事只余酸。

2020.07.10

疫后文庙初课

别殿弦歌何所思,三千里外舞雩时。
杏坛过雨开明构,圣迹凝香出宋碑。
悦耳童音清似露,畅怀荷气碧于池。
逢人相揖不相识,信是东南有我师。

2020.07.21

望岳楼又值

生涯何计不浮瓯,几度重来望岳楼。
六代云山犹故国,百年槐栗已同俦。
茶闲到海溪声淡,蕈美连峰林霭柔。
自觉名媛称绝处①,禅门无意说公侯。

注:①指宋庆龄、宋美龄曾来兴福寺品蕈油面,赞不绝口。

2020722

庚子六月七日文庙雷雨中作

殿高安问丧家时!依德依仁只自知。

悄立长疑兵过瓦，凝望终觉泪盈池。
泗沂弟子谁能伴？陈蔡襟怀或可师！
独倚灵光开一角，美人徐步欲何之。

2020.07.27

六月八日雷雨后，与汉家、青衣二兄于南门宋小酒馆夜饮

雷奔海国雨微茫，对酌清宵醉不妨。
一角舟闲三晋客，几番波老五湖郎。
画中境界犹看宋，诗里生涯只羡唐。
又值炎天幽憩所，回风尽在弄间藏。

2020.07.30

立秋前二日映山湖畔作

涨绿流虹语笑天，映山湖畔柳如烟。
环堤路接商周地，满月时逢庚子年。
为有吴君让旧国，能无秦帝试先鞭？

银狮玉蛛横波懒，似被顽童扰不眠。

2020.08.06

山行闻虫有感

万斛虫声泼面来，弥林光影渐成猜。
观泉堂上风无价，饮绿轩前月有才。
足下青山谁共老，望中红粉只余哀。
徐行不觉衣裳湿，犹记曾攀镇海台。

2020.08.11

季夏重游裕园并酬沈军民兄

任是炎蒸玉树苍，一池波动转流光。
鱼游不觉江湖远，石窍应知日月长。
曲径寻秋吟有兴，高厅斗酒醉无妨！
芝川花气斯犹烈，满院荷香杂稻香。

2020.08.15

吾山吾水

倚松當飲中山酒
卧石甘為小國民
庚子孟夏雲山抱琴客

庚子七月初一读书台访秦建兄

松槐影满露台虚，闻道前贤昔欲居。
吴国儒生弄弦后，梁朝太子读书初。
巫公祠近淳风气，焦尾泉长润井间。
满院清晖君自得，杜门颇绝故人车。

2020.08.20

庚子七月初二再造读书台访陈文宁兄

一襟幽意欲谁知？松石盘纡或可期。
行见环廊人试茗，伫闻深院鸟鸣枝。
推门不觉炎威失，倾语何需俗虑随。
怀旧抚今成一笑，年年花月总难为！

2020.08.22

张鸟园饮水源茶室与王、季、夏、俞、苏、倪诸道兄

人有相思地有涯，重逢杯酒即吾家。

吾山吾水

擎天树上蝉难老,栖岭云边日渐斜。
路接高陵亲伯仲,溪连远浦富鱼虾。
风云满桌凭纷说,不觉篱边野草花。

2020.08.27

又值浒浦老街

独任秋来变雨晴,连江微浪濯风清。
桥边翁媪随花谢,浦上舟帆共日明。
鸥鹭心闲催酒局,鱼羊味永爱诗盟。
酣谈不觉英雄老,倾倒苍山只自惊。

2020.09.05

晚茗饮绿轩

壶天栗里住心闲,试茗西风不肯还。
好鸟迎人知远近,流泉随意起潺湲。
时闻树古蝉声淡,弥望林深日影斑。
曲径条条随处达,看云无尽是秋山。

2020.09.07

白露后一日偕王卫国兄破龙涧茗坐

小坐林溪带晓烟,爽人风日欲高眠。
藤圈椅背扶腰直,玉润杯唇着口绵。
新栗敲山惊鹤唳,老枫浮涧待谁传?
长随佳客为佳赏,罨画无心入自然。

2020.09.08

虞山公园散步

彩马华豚各竞先,几番童戏小山前。
当时归雁横云去,今夜吟虫带露眠。
镇海台边人化影,倚晴园里事如烟。
半生修得芦花雪,却假西风染白颠。

2020.09.16

吾山吾水

眉妩·偕许文波、李国梁两兄及港城诸友空心潭茗坐

正遥香盈寺，近彩沾衣，来约故人茗。
又唤清风起，婆娑舞，重题还认诗境。
梦华未醒。
听砌蛩、时和疏磬。
自凝伫，一带琼辉织，宝楼透烟岭。

千载何曾花永！
叹广寒玉蕊，鸿雪枯梗。
便作维摩相，凭浮没，还馀光点虚静。
铸潭似镜。
但照他、心空天迥。
料依岸招摇，留不住、鹭飞影。

2020.09.27

访金唐市偶得

唐市俗称"金唐市",昔为海虞第一镇。商业既兴,文华遂富。严讷发达于朗城村,杨彝为创"唐市经学派",毛晋筑汲古阁于七星桥,顾炎武避居语濂泾十年。数百载俊贤诗文,民国年间辑为《唐墅诗存》五卷留世,岂以寻常村镇等视哉!

庚子中秋后二日,微雨,邀长卿小友与游,欣然往之。以石板街始、历杨彝宅、民福庵(今作民福禅寺)、飘香园、万安桥、至万汇桥(已毁,作新桥)止,得七律二首。

其一

微雨何妨汲古游,尤泾两岸挹清流。
飘香已继百城业,怒桂谁攀一月秋。
地涉明清应社址,名传杨顾凤基楼。
由来风气随人变,况值当年四海舟。

其二

石板街头,见一老者讯问,云已别五十载矣。

石板长街几许长,车磨马踏聚琳琅。
百年人物归村市,一带楼台属海商。
万汇桥边童语老,福民庵里佛心香。

吾山吾水

逢翁不觉惊华发，但问邻家孰姓唐①？

注：①唐市本以唐姓居多而名之，数百年沧桑变易，姓遂杂然纷处今。

2020.10.04

小春日徐学东兄于碧溪老宅招饮，蝶虚、扇子、陶兄相偕

宅对平畴大日亲，满园橙橘映霞新。
微醺但觉春犹在，不厌终知德与邻。
石桌烹茶缘地僻，村居纵酒得天真。
从来有客多情趣，指点飞船①赴远津。

注：①饮茶时忽有飞机十余架东去。

2020.10.20

范兄约茗误入曾赵园旋转燕园作并酬小聚诸君

茶酒生涯处处新，怡情只合二三人。
频招不觉随秋老，懒说何妨与客亲。
亭畔桂开犹映日，堂中燕语已随尘。
先师忧道长需记，黄石山前孰与伦？

2020.10.21

霜叶飞·旧山楼红豆节有赋

落花心绪,

当春远,纷然来寄霜树。

半空浮翠出楼台,香结丝丝雨。

正赤子,迎歌送舞。万枝红宝传今古。

料尽阅兴亡,始做得、丰秋好梦,客怀能寓。

终是故国关情,唐因宋果,更续千载佳句。

小晴蟾影转长廊,唤起群莺语。

动百斛、珠明院宇。玲珑长欲留人住。

念昔时、西园会,便觉年年,凤雏高矗。

2020.10.22

偕寸心词丈及雪月山房主人、雪夜归灯、柳五、言淡淡诸吟友游虞山公园各景点作

映山湖

翠映琼华不染尘,环湖珠灿入粼粼。

吾山吾水

一池月魄浮云淡,万影杨丝拂露新。
凉未经风犹觉暖,秋难作雨尚能春。
邀朋无事清游罢,汗湿单衣亦养真。

枫径双树

山径霜微叶未红,岸然当路傲秋风。
根盘大石如吾老,叶带奇香与客同。
几见溪明穿桂月,时惊虎啸荡云空。
蓦然百载抛愁去,始信人间造化功。

仲雍墓怀古

仰止西山草木荣,更余松柏倚云生。
奔吴事业兄相助,逊国襟怀谁与赓?
日落明霞垂御笔,兰传芳意播贤名。
至今三拜唯高冢,来共秋风一夕清。

庞薰琹纪念馆

决澜沪上有馀波,更听梅园白雪歌。
但得龙蛇腾死水,能无风日起沉疴。

一时变幻非同欲，百载流传入异科。
最是阜成门外路，花黄叶绿叹蹉跎。

石谷亭

暗里探幽独任心，有奇士处有题襟。
翼亭飞到无人处，溪径①伸来白鸟林。
读匾甘随牛尾短，看碑顿觉画廊深。
吟灯熄后夜空寂，要听山灵仔细吟。

注：①亭内刻《王石谷骑牛还山图》，并众家赠诗。

2020.10.29

黄宏兄以陈十五年女儿红招饮戏赠

女儿心事每如冰，只待红时始有情。
十五年光何去速，半生草树已为荣。
当垆但泻胭脂色，举碗曾传琥珀名。
恰似文君重遇马，小园斟酌自盈盈。

2020.10.29

陆雁女史招游并嘱题吴市美居

农居鱼槛绕河清,欲往先留长短亭。
古道已闻聚吴市,豪情漫说败金泾。
幸逢千载烽烟远,犹喜卅年花草馨。
自信挥毫能驻隙,暂凭杯酒写康宁。

2020.10.30

八声甘州·题美术馆红豆雅集

对滔滔卅纪不同天,劫余问庭深。
正云涛浮日,琼楼捧碧,幽意闲寻。
　漫道清姿渐老,万颗比黄金。
　还寄千秋语,教我沉吟。

记取文华江左,看故贤胜迹,芳气长侵。
　又佳盟重约,烟杪出遥岑。
且凭高、斜阳一点,待醉来,容易认丹心。
　谁能主?有相思处,更有遐襟!

2020.11.01

拂水晴岩即吟

摘锦岩巅待夕阳,白云红树鸟鸣长。

两湖横抱新城远,一岭斜闻晚稻香。

高卧断头临桂伯,低眠俯首探花郎。

只今荣辱供谈笑,空对东溟浪欲狂。

2020.11.03

自松风亭下至拂水泉、剑门

仄径巉岩晚更苍,奇松野菊冷犹香。

元知石谷求真地,来验新河失足方[①]。

今古何妨逋客懒,湖山不用伟人忙。

淡烟流水秋风夕,独任姮娥佐酒觞。

注:①剑门一带,乃石谷子携僮写生处。拂水岩下有溪步,尝与疏影、新河二兄游,新河忽失足,惊险不已。今已架桥其侧。

2020.11.03

题黄宏兄见示南门坛照

未恨春归秋已来，晚香浓处绮筵开。
灯明时见红黄绿，巷旧唯余黑白灰。
北郭山中元亮酒，南门坛上谪仙杯。
相知何必曾相识，醉到灵心不染埃。

2020.11.04

陆雁女史招游并嘱题吴市印象

雨歇方知渐入冬，来看旧市焕新容。
良田菜嫩连阡达，故巷池清曲径逢。
半诊医生[①]曾抗日，双溪御史[②]早埋踪。
沧桑幸有危墙在，织彩苍藤绕宅秾。

注：①半诊医生，指仲国鳌开"半半诊所"，实抗日联络点。
②双溪御史，指吴讷，吴市古名双溪村。

2020.11.20

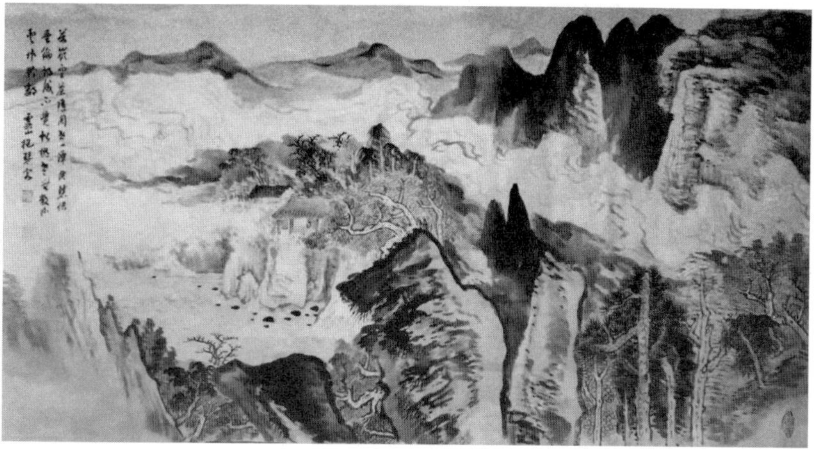

吾山吾水

陆雁女史招游并嘱题吴市老街

故街深宅井梧黄，且向西风说老乡。
江畔曾留渔隐市，楼边犹展稼收场。
乘风破浪[1]随仙棹，伺草培花孵太阳。
一枕梅溪村上梦[2]，白云还过敬思堂[3]。

注：①乘风破浪，乃韩寒于此拍的电影名。
②吴市曾名双溪，两岸分别种梅树与桃树。
③敬思堂，吴讷故居堂名，已毁。

2020.11.30

永新兄嘱题古城新貌图

一塔凌云瞰古城，万家元气育豪情。
山经吴越奇峰在，地迥东南大道明。
独任江桥度天堑，犹将湖浪涤云程。
银鸥铁马随来去，长载春风结远盟。

2020.12.02

2021 诗咏常熟

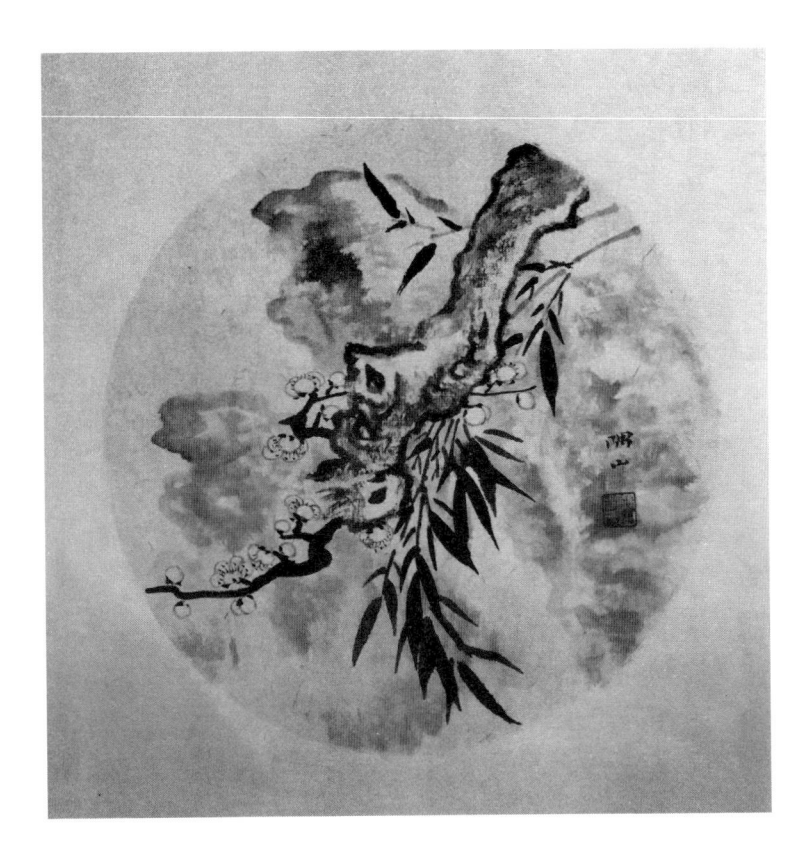

吾山吾水

庚子岁阑明社福临门
年会未与有寄

虞山天日暨阳风，到底韶光属牧翁。
四野来青朝市彩，一江流碧夕帆红。
何妨弦管牛刀大，且借波澜蛟剑雄。
万福终凭杯斝出，遥擎琥珀付春鸿。

2021.01.20

庚子岁阑国梁兄招饮
由琴河至福山塘作

微雨轻阴砌恨天，一时晴照起高眠。
连山日满催芳信，大野风平涨绿烟。
闻道梅吟枯树赋，来观禽语白云篇。
纷纷丽影凭桥列，不许斜阳付逝川。

2021.01.21

吾山吾水

庚子岁阑题大义国家农业科技园

火种郊原物渐苏，小山①花木接新虞。
公望居处鱼先乐，巫相岗②前鸟未殊。
一水缘城虚短棹，半生藏器近长湖③。
凭高犹对青牛卧④，不向人间怨道孤。

注：①小山为黄公望故里，今已开山取石，化为深潭。
②大义虞山上传为巫咸故里，上有巫相岗。
③长湖指姜尚隐居之尚湖。
④虞山因似卧牛，又称卧牛山。

2021.01.21

新正二日游陆市作

新年春润后，旧俗问南塘。
醪熟农耕歇，糕甜客购忙。
凭居流水绿，隔岸野田黄。
应律东风早，循街送暖香。

2021.02.13

辛丑新正九日，武林周伟良教授招饮醉情湖畔酒家，王路明、陈强二兄与俱，尽欢而归，因以酬之

浮浪春烟散夕阳，新花老荸媚人长。
因逢胜友同之野，为赏名山各尽觞。
醉里前缘常在眼，腹中奇气总撑肠。
驰怀只与二三子，嵇懒元须伴阮狂。

2021.02.14

辛丑新正五日文波兄招饮三峰宜鑫坊作

暖日熔金梅欲语，苍山缀玉鸟初鸣。
杯倾闽浙茶兼酒，几列川原脍与茎。
沂上野人说先进，江南座客贵知生。
东风翻覆衣冠变，素壁枯篱各有情。

2021.02.16

吾山吾水

辛丑新正五日徐雪城先生
美术馆装修既成招饮因以酬谢

业就菱花[①]誉享京,犹开展馆聚欢声。
沈周生计翻云水,张翰乡愁宴弟兄。
四围山势南连北,一盏波光雨复晴。
董巨荆关来列坐,村居何日不荣荣!

注:①菱花,指曹大铁先生之菱花馆。

2021.02.16

元日以来与文波、
姜丰二兄兴福茶室首茗

越年风气转寒山,大化枯荣若等闲。
鸢挂乌轮归浩荡,凫分鱼浪合潺湲。
篱边蝶粉疑同梦,树杪峰青欲自攀。
闻道岩梅尚孤独,万人看罢未开颜。

2021.02.22

山庄屐痕

辛丑新正十一日与文波、姜丰维摩探梅，旋至山庄茶饮。即柳隐书联"日毂行天沦左界，地机激水出东溟"之望海楼所在

蚁国蜂城只合愁，诚宜望海上高楼。
山通禅性庄犹古，心有梅花笛易柔。
江上云飘子皮袂，湖中月隐太公舟。
何如对酌疏林下，几个闻香醉白头。

2021.02.23

漫游偶得

逢春始解诵归田，才踏西山又北阡。
幽鸟动人鸣遍野，玉兰留客影摇川。
痴翁故事余杯瓮，言子今生乏管弦。
漫揖袁公终不跪，文章何必换囊钱。

2021.02.25

吾山吾水

辛丑正月廿六自姑苏至福山①老八样农庄，沈雷兄有约澄江艺友

衔芽飞鸟憩云深，报道前山古木阴。
金凤藏真花早发，银銮做梦日先沉。
江横万里归孤寺，野旷当年数七岑。
曾在铜官峰上坐，烟村历历久追寻。

注：①福山，原名覆釜山，唐天宝六年（747年）改名金凤山，梁乾化三年（913年）改名福山。宋因建东岳圣帝殿又转名殿山。顶上有聚福塔。又民间传说，元末张士诚筑土城后，拟在山上建银銮殿而将福山改名殿山。福山原有七峰，现仅剩铜官山、殿山、西山（塔山）。

2021.03.12

咏李市

四围良亩拥楼居，行有舟车食有鱼。
李市街头开晓雾，紫云升畔动春锄。
忙来商旅糕团后，闲话农耕面饭余。
风味百年犹未改，不知何地是华胥？

2021.03.18

酬陈武先生

辛丑杏月廿七日,陈武先生来虞授道[①]。余乃偕汪瑞章、王晓明二公邀茗于空心潭,复缘破龙、乌龙二涧上下,趣乐无任,薄暮而返

其一

二载交游此日深,和风吹尽旧春阴。
余生不作雕虫恨,待把虞山仔细吟。

注:①与陈武先生商量出版《诗咏虞山三百首》事宜。

其二

阅世襟怀讬茗烟,空心潭畔矮墙边。
书生不惯栖山冷,拥鼻[①]如哦洛下篇。

注:陈武先生微患感冒,故云拥鼻。

其三

寺外龙知远客情,故教奇石枕流清。
白头攀越岂无事,来听黄鹂在谷鸣。

注:言下破龙涧底游。

吾山吾水

其四

涧瀑潺潺洗耳清,有人桥上立空明。
行过未必真罗汉①,聊向春山欠一程。

注:①涧上半程有罗汉桥,谓过桥即为罗汉矣,然余等游止此耳!

其五

王质谢安俱不知,青山非昔我来迟。
坐观石上纵横局①,永定乾坤要好棋。

注:①破龙涧岩上篆题前有一石桌,上有棋局,诸公坐弈久之。

其六

路转清辉扑眼来,从知万竹碧于苔。
呼朋看取箨龙甲,颇觉挥锄亦异才①。

注:①欲买笋,诸公挥锄自力。

其七

老妪三轮满载来,苍颜新笋伴泥灰。
山珍价贱春风老,一杆秤心谁可裁?

其八

清溪曲折白云游,溪畔人家第一流。
欲与青山相坐看,停车试问旁花楼。

注:回程约取翌日晚餐处。

2021.04.09

馨薇偕欢欢、子颐游铁黄沙,余见其影像偶得

界分三市积黄沙,大海回澜激浪花。
雨霁青丛犹带露,阳和枯苇尽抽芽。
缘堤鸥鹭银翎舞,匿石螃蜞金爪爬。
闻报田园风俗美,直须醉倒野人家。

2021.04.12

桃月四日民盟诸同好宝岩醉情湖畔小聚

三月轻阴压碧湖,重来老苇变新芦。
鱼能吹浪书虫篆,鹭自乘风点画图。

吾山吾水

夺路芸薹时憩蝶，堆烟杨柳合藏乌。
坐中何止青山伴，别有良俦与酒壶。

2021.04.15

桃月五日，采莲女史招余与戈、曹、倪三兄，饮于箐竹小苑

坐定青山朝复朝，留春况有美人招。
风香不与花香淡，天意仍随心意娇。
槛外龙鱼何足问，生涯襦裤岂需谣。
林泉虽好怜非隐，学醉空知挂酒瓢。

2021.04.18

辛丑谷雨携妻与馨薇访泰和寺

堂皇新寺大河东，寂寞蔷薇倚壁红。
时现宰官春映日，长观自在雨垂空。
三声疏磬传幽院，一炷奇香问宝宫。

为使乡人能涤虑，亭轩开出野田风。

注：殿侧田野中有洗心亭，供香客茗聊。

2021.04.21

辛丑谷雨携妻与如兰、馨薇王庄老街访旧

看尽花浓转绿浓，真教垂拱得时雍。
迎阳桥上人留影，走马塘中楫有踪。
巷窄寻芳犹可问，楼虚访旧孰能逢？
居民半在新城住，不随翁媪笑从容。

2021.04.21

黄宏兄示《悲欢常熟城》观后

漫说悲欢可咏诗，诗成犹恐与人知。
唯将摄影留陈迹，难以携亲到幼时。
街上吴侬曾唤我，河中欸乃又为谁？
阿婆煮饭童孙戏，不觉重孙鬓有丝。

2021.04.24

吾山吾水

小松亦有古医寒天矫词朗俗宁知隔

松下怀抱
己亥 云山抱琴客

题东张横塘①老街

春老横塘唤客游，柳花飞尽逐东流。
江堤渐近霞先聚，茆浦重开日半浮。
市有危墙斜倚树，街无富贾暂栖楼。
曾随浦口鹿河客，为说繁华海上伴。

注：①横塘曾一度有小上海之名。

2021.04.27

题沈家市①

砖木楼门卵石街，少年心事此无涯。
屠沽已去知谁隐，盐铁长流有我侪。
肩并表哥撑旧伞，手携姨母试新鞋。
路转虹桥临水处，呼船购得五湖鲑。

注：①沈家市，曾名屠沽村，因多卖酒肉者而得名，盐铁塘穿市而过。其地本舅舅（姨母）家所在。

2021.04.27

吾山吾水

辛丑春日携妻与如兰、馨薇游红豆山庄

避尘逃劫说芙蓉，四百年光记豆红。
为有情怀惊浊世，漫凭风月住衰翁。
村头车马虚江左，浦口烽烟接海东。
但驾扁舟偕美去，他时指点任冬烘。

注：牧翁移居红豆山庄，实为白茆塘通江近海，抗清之利也。

2021.04.27

题张桥镇

南湖青接宛山峰，想见前朝旧镇容。
钓渚渡桥①时过客，嘉菱荡水久藏龙。
源分大泽渔歌远，流汇长江帆影重。
自别梅溪②烟景阔，勾吴③桃李为谁浓？

注：①钓渚渡桥已移至沙家浜景区内。
②梅溪即钱泳，金匮鸿山人，青年时即移居钓渚渡。
③张桥镇为古勾吴国北境。

2021.04.28

· 222 ·

石梅柒号

　　立夏后一日利生兄携公望红酒招饮于石梅柒号，余醉矣。逶迤琴川而下，闻孤鸿惊唳而起，顿生忘世之感！

　　环山春去转葱茏，万觅幽居曲巷通。
　　拾级衡门藏雅丽，开筵胜友乐和融。
　　千斟独选黔人白，百炼方成公望红。
　　醉后不知归卧处，琴川侧畔听惊鸿。

2021.05.06

公望红酒饮后戏作

　　美酒良朋是把刀，满城鱼蟹岂能逃。
　　醉来忽到李家闸，要放苍龙入海涛。

2021.05.14

吾山吾水

辛丑某日

辛丑清和月三日,（王）文波兄于空心潭边茗坐,低诵尼采《悲剧之诞生》,有僧队诵经甫过,古槐上即掉落巨型露蜂窠,着地而碎。余适至,取其一,以为玩物耳。或云乃二十余载物,今黄蜂已弃,为蚁巢也。以小诗记之!

其一

禅门长作野蜂家,何事风来雨似麻。
摔地成堆惊客起,满天纷坠绿槐花。

其二

杯茶何物与相亲,坐待槐安入梦真。
幽鸟谐鸣声寂处,颇疑犹作梦中人?

2021.05.14

辛丑槐月九日偕扇子、计然子两兄,奉随寸心词丈、文裳词兄长寿桥茶室饮宴

其一

芳事不堪人事稠,百年维夏几悠游。
看云海上横烟阵,待雨山巅结雾楼。
络石香随王寂寞,凌霄艳与客绸缪。
五湖时欲生怀抱,皮陆声谐独问鸥。

其二

槐香枫气漫如流,渺渺湖山动酒俦。
吴下尚余三宿恋,寰中谁解一尊忧?
青牛卧处吴钩静,白虎来时佛性柔。
愿共莺雏鸣拂水,临风羽化是良谋。

2021.05.21

吾山吾水

后　记

　　海虞虽为片壤，实江南腹地，人文渊薮。岂唯一山一城，各乡镇市集，亦景物丰华，皆可成咏。

　　辛丑暮春，得遇黄宏先生，曰："喜君诗词，愿资助刊行，以益虞山文脉传承。"遂尽阅镇志，遍行诸镜，合三十余载所积，得咏常熟之作，数近九百，遵前贤规范，删至三百有余，名曰《吾山吾水》。蒙沽上王蛰堪先生题耑、江右熊盛元先生及姑苏周秦先生赐序、虞山吴苇先生篆刻书名、东海陈武先生联络付梓，加之诸友尽心协助，终得成书！

　　书中诸篇，皆以年月排序，令读者如随予游者。自谓海虞胜赏，讽咏殆尽；人事志趣，差能引申。然江山谁主？风月无常，他人他时所见，未必与予同者。予幸先得其佳，后人再得其变，何如前人已得其根本哉！读乡贤遗集，唯有叹息！

　　予固喜大李小杜，无奈学老杜小李，盖时移势易，恐有画虎之嫌；又近陶谢志行，终堕王孟窠臼，盖习唐日久，无以自拔。

后　记

幸居虞山，朝暮坐对，观四时之变，感六合之和，辄诵往哲文辞，思效钱冯法度。同予者，二三子耳！

庚子秋，予制《虞山诗派传承谱系》，明其流变，遵其纲领，益知己陋也。犹欲成书者，乃敝帚自珍，野芹自荐也。

王柳南云："虞山诗人，有钱、冯二派。"钱牧翁自不必说，冯钝吟诚虞山百代师也，然需善学。

钱木庵云："吾虞从事斯道者，奉定远为金科玉律。此固诗家正法眼，学者指南车也。然舍而弗由，则入魔境；守而不化，又成毒药。李北海云：'学我者拙，似我者死。'悟此，可以学冯氏之学矣。"

杭堇浦亦云："二冯可谓能持诗之正，未可谓遂尽其变者也。"

予力求其正，尚不从心，况求其变哉！

　　　　　　　　　　　辛丑暮春中浣，虞山周向东于勉庐